這本書獻給我的知己與戰友。

我的妻子

L.F.B.

綠野仙蹤 故事集

奧茲大地的神奇巫師

The Wonderful Wizard of Oz

李曼・法蘭克・鮑姆——著
Lyman Frank Baum

陳婉容——譯

目次

編輯室報告　我做了一個夢，我去遊歷　11
第一章、龍捲風來了　17
第二章、萌奇人的忠告　25
第三章、解救稻草人　39
第四章、穿過森林的路　53
第五章、拯救錫人　63
第六章、膽小的獅子　77

第七章、驚險的旅程 89
第八章、奪命罌粟香 101
第九章、田鼠女王 115
第十章、城門守衛 125
第十一章、奧茲的神奇翡翠城 139
第十二章、尋找壞女巫 163
第十三章、救援行動 187
第十四章、又見飛天猴 197
第十五章、揭開奧茲的祕密 211

第十六章、偉大騙子的魔法 233
第十七章、升空的熱氣球 241
第十八章、前往遙遠的南方 249
第十九章、鬥鬥樹的攻擊 259
第二十章、雅緻的白瓷國 267
第二十一章、成為萬獸之王的獅子 279
第二十二章、瓜德林人的國家 287
第二十三章、為桃樂絲實現願望的葛琳妲 295
第二十四章、溫暖的家 305

編輯室報告

我做了一個夢，我去遊歷

逗點文創結社 總編輯 陳夏民

大部分的六七年級生，只要聽到「我做了一個夢，我去遊歷……」這兩句話，腦海中應該會響起兒時電視台曾播放的《綠野仙蹤》卡通片頭曲，甚至會跟著唱起來吧？

兒時的我們透過電視或書本參與了桃樂絲一行人的歷險，立志要打倒那邪惡的女巫，好讓夥伴們得到企求已久的寶物。

那個時候，赤子之心讓我們眼裡的世界總是新鮮、值得探索，幻想是我們的武器，我們彷彿身處奧茲大地，每天起床睜開眼，都期待著冒險發生，好像能更接近夢想一點點。

長大之後，與社會磨合的過程總是跌跌撞撞，不管是否準備好了，我們都被迫走進大人世界的軌道，變成一顆小螺絲釘或是一枚小衛星，圍繞著一些似乎重要的人／物打轉。我們隨時打檔調速、深怕被拋在軌道之外，然而，大部分的時間，我們卻在原地空轉，不知道自己離奧茲大地越來越遠，原本擁有的快樂就像是原本熟悉的故事情節一樣，慢慢消逝不見了。

開了出版社之後，許多教授推薦我重新出版《綠野仙蹤》，但面對這一本充滿回憶的經典小說，苦無詮釋角度的我，只能擱置出版計劃。直到有一天出差，帶著疲憊身軀躺在下榻旅館的小床上，就著鵝黃小燈重新閱讀這一本書，讀著讀著，忽然覺得自己回到了過去，變成那個在床上偷看書不肯睡覺的孩子。在作者栩栩如生的描繪之下，奧茲大地的諸多細節在我眼前展現，書裡的主角們彷彿都是我的分身，我們玩成一片，但我也問自己：「他們追尋自己空缺的一角，那我所欠缺的又是什麼？」。

我還記得重新閱讀《綠野仙蹤》的過程，嘴角始終帶著笑意——這一本神奇的書，讓我們與過去展開對話，同時找回心中的大小孩，勇氣滿滿地回到書本以外的世界。

桃樂絲一行人的冒險鼓舞著不同時空的讀者，為孩子帶來足以支撐自己長大的力量，也讓疲憊的成人得以在書頁之中喘息、獲得安慰。對大多數的大小孩、小小孩而言，那一片滿是魔術的奧茲大地彷彿才是真實的世界，而我們所處的（有點烏煙瘴氣的）現實不過是另一個夢境而已；夢，總會醒的，美好的一天，終將展開。

那麼，請往下翻吧，我們奧茲大地見。

第一章、龍捲風來了

桃樂絲和她務農的亨利叔叔、艾姆嬸嬸一起生活在遼闊的堪薩斯大草原上。那裡沒有蓋房子專用的木材——得請人駕著馬車從老遠的地方載過來——所以他們的家又小又簡陋，只用四面牆、地板和天花板隔出個房間，房間裡也只擺了架生鏽的廚爐、儲放盤碟的櫃子、一張餐桌、三四把椅子和床。亨利叔叔和艾姆嬸嬸的大床卡在屋內一角，桃樂絲的小床則靠著另一塊角落。這個家上無閣樓、下無地窖，倒有個往地裡開的小洞口。

要是哪一陣足以吹垮樓房的強勁旋風橫掃而來，他們一家三口就可以跑到房間的中央，然後打開地上的暗門，順著梯子躲進這狹窄漆黑的「防風洞」。

當桃樂絲站在家門口望向四周，這遼闊的灰色大草原就是她眼中的全部風景了。一大片了無起伏的鄉間就這麼綿延到天際，中途連一棵樹、一幢房都沒有。太陽將耕地烘成了灰原，還曬出細細的裂縫，甚至烤照整片茵茵綠草，把那些長長的葉尖全都烤成和周圍一致的灰色。他們的小房子是上過漆的，只是經年的曝曬讓漆皮冒出了漆泡，再經幾番雨水沖刷之後，這個家終於褪去了原有的光澤，與周遭的灰色融為一體。

艾姆嬸嬸出嫁時，是位年輕又嬌美的新娘。日照和風吹也改變了她的容顏。她的眼神日漸黯淡，不再煥發光采，緋紅的雙頰和嘴唇也愈顯蒼白。她又瘦又憔悴，很久不曾笑了。當失去雙親的桃樂絲剛到堪薩斯投靠她，她還幾度讓這孩子興高采烈的笑聲嚇得驚叫連連，不由得把手貼在自己的心口上。直到現在，她仍然會訝異地看著桃樂絲——這裡哪還有什麼值得一笑的事啊？

亨利叔叔從來不笑。他勤於農事，日出而作、日落而息，不知快樂為何物。他也「灰」掉了，從他長長的鬍鬚到粗陋的工作靴都是灰的。亨利叔叔總是板著一張臉，鮮少開口說話。

還好有托托逗笑了桃樂絲，她才不至於變成和周遭一樣的灰色。托托不是灰色的，他是條小黑狗。他身上長滿柔軟的長毛，小小的黑眼珠在滑稽的小鼻子左右快樂地眨呀眨。托托整天玩耍，桃樂絲也和他膩在一塊兒，非常疼愛他。

不過今天，桃樂絲和托托都很安分。亨利叔叔坐在門檻上，憂心忡忡地望向比平常更灰的天。桃樂絲抱著托托站在屋內，也在看著門外的天空。艾姆嬸嬸則在洗碗。

狂風低沉的吼聲自遙遠的北方襲來了。亨利叔叔和桃樂絲看見，這即將掃來的暴風已經先把整片灰原上的長草掀得有如巨浪翻騰，一時間，南邊又迸出一聲刺耳的風嘯。他們轉頭一看，南邊的長草也開始隨風擺動了。

亨利叔叔倏地起身。

「艾姆，龍捲風要來了。」他對妻子喊著。「我去瞧瞧那些動物。」說完，亨利叔叔便跑向他豢養乳牛和馬匹的牲口棚。

艾姆嬸嬸碗還沒洗完，就走到門口探個究竟。她光看一眼，就曉得大難臨頭了。

「快，桃樂絲！」她大聲叫喚。「快躲進防風洞！」

這個時候，托托跳出桃樂絲的懷抱鑽到床底下，小桃樂絲趕緊追過去，要把他抓回來。艾姆嬸嬸害怕極了；她急忙甩開那道暗門，踩著梯子躲進那個漆黑的小洞。當好不容易抓住托托的桃樂絲站在房間中央，正準備下去找嬸嬸，忽然有陣尖厲的風嘯傳來，房子也開始劇烈搖晃。她沒站穩，一下子跌坐在地板上。

然後，奇怪的事發生了。

房子轉了兩三圈，接著還緩緩地升空。桃樂絲感覺就像乘著升空的熱氣球。

北風和南風在這間小房子交會聚合，使得桃樂絲的家變成狂暴氣旋的風眼。照理說，處於暴風中心地帶的氣流應該都算穩定，但這房子周圍狂風的氣壓實在太高啦，房子不斷地被舉起，最後甚至抬升到龍捲風的頂端。它就維持這樣的高度任風吹過一哩又一哩，猶如一根隨風輕飄的羽毛。

儘管屋外天昏地暗、風聲寥戾，屋內的桃樂絲倒覺得挺舒適的。房子剛開始轉圈時曾一度大幅傾斜，不過接下來，她就覺得自己彷彿是搖籃裡的嬰孩，被某隻溫柔的手來回推送著。

托托可沒那麼享受。桃樂絲靜靜坐在地板上，等著看還會發生什麼事情時，他就在屋裡亂跑亂竄，放聲吠叫。

結果托托跑到那扇已被開啟的暗門邊，還不慎摔了下去。小桃樂絲原以為再也見不到托托了，可是不一會兒，她就發現托托一隻耳朵鑽出了洞口——強大的氣壓牽起托托，讓他浮了起來，不致摔落。她爬向防風洞口，一把揪住托托的耳朵，將他拉回房間後再關上暗門，免得又出現類似的意外。

幾個鐘頭之後，桃樂絲漸漸從驚恐中平靜下來。她開始感到寂寞，也覺得周遭的風聲過於強勁，震耳欲聾。剛開始她還會想，要是房子再被吹落，自己大概就會被摔得粉身碎骨了。幸好後來沒發生什麼大災難。因此，桃樂絲決定不再東想西想，她要安下心來迎接即將到來的一切。最後，她貼著依舊搖晃的地板爬向自己的小床，躺了上去。托托也有樣學樣，上床趴在她的身邊。

房子仍在晃動，狂風仍在怒吼，然而桃樂絲立刻闔上雙眼，不一會兒便進入了夢鄉。

第二章、萌奇人的忠告

一陣突如其來的劇烈搖晃震醒了桃樂絲。若非她當時躺在柔軟的床上，恐怕現在已經受傷了呢。這晃動如此之大，嚇得她屏息凝氣，不知道究竟發生了什麼事；托托也咿咿嗚嗚地叫了起來，還將溼冷的小鼻子湊上她的臉。桃樂絲從床上坐起，這才意識到房子不再晃了，屋內也不再漆黑一片。耀眼的陽光穿窗入室，將明亮灑滿整個房間。她跳下床跑去開門，托托就跟在她的身後。

小女孩驚訝得叫了出來。周圍的景象多麼奇妙呀，看得她眼珠子都快掉出來了。

原來，龍捲風早把房子輕輕地——就龍捲風的力道來看，這的確算很輕——置放在一處無比美麗的原野上。一片片賞心悅目的青綠草地鋪滿其間，一棵棵高大蒼鬱的樹上結滿香氣濃郁的甜美果實。斜坡上鮮花盛開，美不勝收；林間與灌木叢中，有羽色罕見、繽紛耀眼的鳥兒一邊歡唱，一邊拍翅飛翔。數步之外，小溪順著綠坡潺潺而下，映著粼粼波光。那淙淙流水的低語呢喃，聽在一個經年生活在又乾又灰的大草原的小女孩耳裡，是多麼地動聽。

她興致盎然地欣賞這片絕妙美景，同時注意到有群非常古怪的人正朝這頭走來。她從沒見過這般個頭的人：這群人既不如她印象中的成年人高大，又不是非常矮小。他們就和桃樂絲差不多高，而從年齡上來說，桃樂絲長得也算高了，不過他們的容貌又比桃樂絲年長許多。

來的是三男一女，個個穿著奇裝異服。他們頭戴一呎高的尖頂圓帽，帽簷還綴上一圈小巧的鈴鐺，隨著四人的腳步撞出清脆悅耳的聲響。男士的帽子是藍色的，個頭矮小的女士則戴著白帽、披著白袍。她袍子的肩頭打了幾道褶，就這麼延伸到袍底，白袍上還飾著小星星，在陽光下宛如熠熠生輝的鑽石。男士的衣服是藍色的——就他們頭上帽子那種藍色；他們腳上的靴子擦得晶亮，靴筒上端則滾了一圈深藍色。這三位男士中有兩人蓄鬍子，於是桃樂絲猜測他們應該和亨利叔叔差不多年紀。至於那位女士，看起來就更老了。她滿臉皺紋、髮色近白，而且走起路來動作特別僵硬。

桃樂絲就站在房門口；男士們走近後便停下腳步，開始交頭接耳，一副不敢再向前的樣子，只有那位矮小的老婆婆繼續走向桃樂絲，還對她深深一鞠躬，並用甜美的嗓音說道：

「至高無上的魔法師啊，歡迎來到萌奇國。妳殺死東方的壞女巫，使我們的人民免於勞役之苦。這份恩情，我們永誌難忘。」

桃樂絲聽得一頭霧水。這個老婆婆怎麼會叫她魔法師呢？「殺死東方的壞女巫」又是什麼意思？她只是個天真無邪的小女孩，只是被龍捲風颳到這個離家很遠很遠的地方而已啊。再說，她長這麼大，還沒殺過什麼東西呢。

但顯然這位老婆婆正等著桃樂絲接話。她猶豫了一下，然後回答：「您太客氣了。不過，我想這其中一定有什麼誤會，因為我什麼也沒殺死啊。」

「那就是妳的房子殺死她的。」老婆婆笑著說。「一樣意思嘛。瞧！」她指指房子的一角，繼續說道：「那塊木頭下面不就是壞女巫的雙腳嗎！」

桃樂絲定睛一看，害怕得發出一聲微弱的驚叫。真的，就在那個角落，那根撐起房子的大橫梁下果真露出了兩隻套著尖頭銀鞋的腳。

「噢，天啊！我的天啊！」尖叫的桃樂絲握起雙手，沮喪得不得了。「一定是房子掉下來壓死她了。我們該怎麼辦？」

「不怎麼辦。」老婆婆鎮定地說。

「那她是誰？」桃樂絲問。

「東方壞女巫啊，我剛才說過了。」老婆婆答道。「這些年來，她奴役所有的萌奇人，逼迫大家不眠不休地為她幹活兒。現在他們都自由了，非常感念妳的大恩大德。」

「萌奇人？」桃樂絲好奇地問。

「就是住在這個東之國，受壞女巫統治的男女老少。」

「您就是萌奇人嗎？」桃樂絲問。

「不是。我住在北之國，不過也算萌奇人的朋友。他們一發現東方壞女巫死了，便捎了封短信給我，我就立刻趕了過來。我是北方女巫。」

「我的天呀！」桃樂絲叫道。「您真的是女巫嗎？」

「當然，如假包換。」老婆婆回答。「不過我是好女巫哦，這些人都很喜歡我。我的法力是不及統治這個國家的壞女巫啦，否則我早就施法解救他們，還他們自由了。」

「我還以為女巫都是壞人……」小桃樂絲害怕地說。一個真正的女巫就站在面前，她多少會覺得可怕。

「不、不，這可是天大的誤會呀。整片奧茲大地只有四個女巫，而住在北方和南方的是善良的好女巫。這點我清楚得很，因為我就是其中一個好女巫嘛，錯不了的。另外兩個，一位住東方、一位住西方，真的，她們都是邪惡的壞女巫。不過，既然妳殺了一個壞女巫，那麼奧茲大地就只剩下一個壞女巫了，也就是西方壞女巫。」

「可是——」桃樂絲思索片刻之後，又說：「艾姆嬸嬸說女巫都已經死光了啊——死了很久很久了。」

「誰是艾姆嬸嬸？」老婆婆問。

「就是我住在堪薩斯的嬸嬸。我是從堪薩斯來的。」

北方女巫低頭瞧著地面，似乎陷入一陣沉思。半晌之後，她抬起頭來說道：「我從沒聽說過堪薩斯這個地方，不知道那是哪裡的國度。告訴我吧，那是文明之土嗎？」

「啊，是的。」桃樂絲回答。

「這就難怪了。我相信文明國家裡已經沒有女巫了，也沒有所謂的巫師、魔法師或魔術師。妳知道嗎？我們奧茲大地與世隔絕，從來就不是什麼文明之土，所以國家裡還有女巫和巫師。」

「有誰是巫師呢？」桃樂絲問。

「奧茲他自己就是一名偉大的巫師哦。」北方女巫壓低嗓音，對桃樂絲悄聲說道。「我們三個女巫的力量加起來，還不及他的法力呢。他住在翡翠城。」

桃樂絲正打算繼續提問，原本待在一旁默不作聲的萌奇人卻忽然放聲喊叫，並伸手指向壞女巫所躺的角落。

「怎麼了？」老婆婆問完便轉頭看去，然後笑了起來。死去的女巫連雙腳都消失得無影無蹤了，只剩下那雙銀鞋。

北方女巫解釋道：「她太老啦，太陽一照就乾了。這就是她的下場。那雙銀鞋就歸妳啦，妳得穿著。」她伸手拾起那雙銀鞋，再抖落鞋上的塵土，便把鞋子遞給桃樂絲。

「穿上那兩只銀鞋，東方女巫就跩得跟什麼一樣……」其中一個萌奇人說。「這鞋確實有魔力，至於是什麼魔力，我們就不得而知了。」

桃樂絲提著銀鞋進屋；她先把鞋擱在餐桌上，再走出來跟萌奇人說話。

「我的叔叔嬸嬸一定很擔心我，我好想趕快回到他們身邊。你們能告訴我要走哪條路回家嗎？」

萌奇人和女巫先是你看看我、我看看你，接著轉向桃樂絲，對她搖搖頭。

「在東方啊——」一個萌奇人說。「就這附近呀，有一片好大好大的沙漠，從來沒有人能活著走出去哩。」

「南方也是。」另一個萌奇人說。「我去過、看過，所以我知道。那是瓜德林人的國家。」

「聽說西方也一樣啊。」第三個萌奇人也加入了討論。「西之國是溫基人居住的地方，而那裡正是西方壞女巫統治的國家欸。要是路過西方，準會被她抓去當奴隸的。」

「北方是我的家鄉。」老婆婆說。「而北之國的邊境就是那片環繞整個奧茲大地的大沙漠。我的孩子，妳恐怕得和我們一塊兒生活了。」

桃樂絲抽抽噎噎地哭了起來。她身邊全是一些稀奇古怪的陌生人，難免會因此感到孤單寂寞。好心的萌奇人似乎能體會她的苦楚，所以立刻取出手帕陪她一起哭。這個時候，老婆婆摘下頭上的帽子，然後把帽尖立在鼻頭上，並以莊嚴的語氣數著一、二、三，結果帽子馬上幻化為一塊石板，板上還出現幾個用白色粉筆寫成的大字：

讓桃樂絲前往翡翠城

老婆婆拿起鼻頭上的石板，閱讀那些粉筆字。然後她問：

「孩子，妳是桃樂絲嗎？」

「嗯。」這孩子抬起頭來，擦乾眼淚。

「那妳一定要去翡翠城。說不定奧茲會幫助妳。」

「翡翠城在哪裡？」桃樂絲問。

「在奧茲大地的正中央。那是奧茲的城市——就是那位最偉大的巫師。」

「他是好人嗎？」小桃樂絲焦急地問。

「我從沒見過他，所以不曉得他是不是人類，不過他是位好巫師。」

「我要怎麼去呢？」桃樂絲再問。

「妳得用走的。這是段漫長的旅程，妳將走過舒適宜人的鄉間，也會經過恐怖黑暗的林野。不過妳放心，我會傾注所有的法術來保護妳。」

「妳不跟我一起去喔？」小桃樂絲懇求著。她已經將這位老婆婆看成自己唯一的朋友了。

「不行，我不能這麼做。」老婆婆答道。「但我會給妳一個吻——凡是我北方女巫親吻過的人，誰也不敢傷害。」

北方女巫挨近桃樂絲，溫柔地吻了一下她的額頭，就在上面留下一塊又圓又亮的印記。桃樂絲稍後便會發現這塊印記。

「鋪著黃磚的路，就是通往翡翠城的路。」女巫告訴她。「妳一定找得到。見到奧茲了，也不要害怕，就把妳的經歷講給他聽，請他幫助妳。再見了，我的孩子。」

三位萌奇人對她躬身行禮，祝她一路順利，然後便穿過樹林離開了。北方女巫親切地對她點點頭，再用左腳跟就地旋轉三圈就消失於一瞬。這叫小狗托托嚇了一大跳。他對著空氣亂吠，而明明女巫站在一旁的時候，他叫也沒叫一聲。

至於桃樂絲，她可是一點也不驚訝——她知道老婆婆是女巫，所以早料到她會以這種方式離開。

第三章、解救稻草人

大夥兒一離開，桃樂絲的肚子就開始叫了。於是她打開櫥櫃，為自己切點麵包、抹上奶油，再剝了一些給托托，就提著櫥架上的桶子到溪邊舀取清澈的水。托托衝進樹林裡，對著枝頭上的鳥兒汪汪叫；桃樂絲過去抓他時，意外發現了樹枝上結實纍纍的果子。果子美味可口，她便摘了一些，正好豐盛了這頓早餐。

然後她返回屋內，為自己也替托托倒了杯沁涼清透的水喝。接下來，她就要準備前往翡翠城了。

桃樂絲只有一件洋裝可以替換，恰巧那件洋裝已經清洗乾淨，就掛在她床邊的壁鉤上。那是件藍白色格子洋裝，洗過很多次，上頭的藍格子也已經褪色了，不過仍是件可愛的洋裝。小桃樂絲仔細梳洗一番後，就換上這件乾淨的洋裝，也繫好她的粉紅色遮陽帽。她找來一只小籃子裝櫥櫃裡的麵包，並在麵包上蓋了一塊白布。最後，她低頭看看自己的腳，這才發覺腳上的鞋子已經又舊又破了。

「路途這麼遙遠，這雙鞋肯定撐不了啊托托。」她說。托托則用那雙黑色小眼睛仰望著她，尾巴也搖呀搖地，表示自己全都明白。

此時，桃樂絲看見餐桌上那雙原本屬於東方壞女巫的尖頭銀鞋。

「不知道合不合腳呢。」她對托托說。「那雙鞋磨不破，剛好能派上用場，讓我穿著走完這長長的旅途。」

她脫掉腳上破舊的皮鞋，試穿那雙銀鞋——銀鞋彷彿是為她訂製的，不大不小剛剛好。

她提起了籃子。

「走吧，托托。」她說。「我們去翡翠城，請偉大的奧茲指點我們回堪薩斯的方法。」

於是她關了門、上了鎖，再謹慎地把鑰匙放進洋裝口袋，便和身後啪嗒啪嗒走著的托托展開了旅程。

眼前有好幾條去路，不過桃樂絲很快就看見那條黃磚路了。她隨即邁開腳步朝翡翠城前進，她腳上的銀鞋也叩擊著堅硬的黃磚路面，敲出悅耳的聲響。大家或許會認為這個小女孩先是突然被龍捲風掃離自己的家園，現在又流落到人生地不熟的異鄉，她的心情想必十分惡劣吧。然而這一路上陽光燦爛、鳥兒輕囀，桃樂絲快活極了。

她越前進，越覺得這裡處處是令人驚嘆的美景。黃磚路兩側圍著排列齊整，漆著優雅藍色的籬笆，籬笆外的田地種滿了穀物和蔬菜，收穫豐碩。可見萌奇人個個務農有方，是群優秀的農家。她偶爾路過民宅的時候，人們會特地跑到屋外看她，並對著她的背影深深一鞠躬——所有萌奇人都知道是她消滅了壞女巫，解救了他們。萌奇人的屋宅蓋得可特別了，全都是圓形屋，上面還罩著一片圓圓的大屋頂。他們的房子也是藍色的，因為在這個東之國，藍色就是萌奇人最喜歡的顏色。

向晚時分，走過漫漫長路的桃樂絲已經疲憊不堪了。她才在想該到哪裡借宿過夜，就走到一幢比先前經過的民房都更寬綽氣派的豪宅，看見豪宅前的綠色草坪上，有群男女正熱情地跳舞，五名個頭短小的小提琴手正竭力地拉奏，而其他人不是歡笑著，就是在唱歌。這群人身旁擺了張大桌子，桌上滿是可口的水果、堅果、派、蛋糕，還有好多叫人食指大動的美食。

他們親切地招呼桃樂絲，邀請她共享晚餐，共度夜晚。豪宅主人在東之國算是數一數二的富有；他今晚與朋友們齊聚一堂，歡慶終於擺脫了壞女巫的魔掌，得到了自由。

豪宅主人波哥親自接待桃樂絲，讓她飽餐一頓。小女孩吃完飯後，就坐在靠背長椅上欣賞大家的舞姿。

波哥看到桃樂絲腳上的銀鞋，便對她說：「妳一定是很厲害的魔法師。」

「為什麼這麼說？」小女孩問。

「因為妳穿著銀鞋，還殺了壞女巫呀。而且妳洋裝上面有白色——只有女巫和魔法師會穿白色衣服。」

「我這件是藍白色的格子洋裝啦。」桃樂絲一邊說，一邊試著壓平洋裝上的皺摺。

「妳人真好，願意穿這件洋裝！」波哥說。「藍色是我們萌奇人的代表色，而白色是女巫的顏色，所以妳一定是個親切又友善的好女巫！我們看得出來！」

這下桃樂絲可真不知該怎麼接話了。這裡的人似乎都認定她是女巫，但她心裡清楚得很，自己不過是個偶然被颳到這片陌生之境的平凡小女孩罷了啊。

後來她看舞看累了，波哥就帶她進屋，也給她安排了一間臥房。房裡有張可愛的睡床，床單和被單都是藍布製成的，而被這片藍包覆的桃樂絲睡得酣熟，一覺到天亮。托托則蜷著藍色小毯子，睡在她的身邊。

隔天早晨，她吃了一頓豐盛的早餐，然後看著一個萌奇小朋友和托托玩耍，還拉了拉托托的尾巴，高興得一下叫、一下笑。桃樂絲也笑了起來。豪宅裡的大夥兒都對托托充滿了好奇；他們還是第一次見識到這種動物。

「這裡離翡翠城多遠？」小女孩問。

「這可問倒我嘍。」波哥斂起笑容，嚴肅地說。「我沒去過那兒哩。除非有事非得找奧茲商量不可，否則大家都會和他保持點距離。翡翠城啊，總之是在很遠的地方，得走上好幾天呢。我們這一帶是物產豐饒、祥和宜人，但妳要去翡翠城的話，就得穿過一些既原始又危險的地方。」

經波哥這麼一說，桃樂絲不免擔憂了起來。不過，她也知道只有偉大的奧茲能幫助她回到堪薩斯，所以她要鼓起勇氣，絕不退縮。

她跟這群新朋友道別，再度踏上黃磚路。走了好幾哩後，她打算休息一下，便爬上路邊的籬笆坐了下來。這道籬笆外有片寬廣的玉米田，附近還有個稻草人高高掛在杆子上。他看管這些熟成的玉米，不讓小鳥偷啄。

桃樂絲隻手托著下巴，若有所思地盯著稻草人瞧。稻草人的頭是口小小的麻布袋，袋子裡塞滿稻草，袋子外畫了眼睛、鼻子、嘴巴，就成了他的臉。稻草人頭上戴著一頂破舊的尖頂藍帽，顯然是哪個萌奇人把自己的帽子擱在那兒了；他頭部以下是套破爛且已褪色的藍西裝，西裝裡也塞滿了稻草。他的腳穿舊靴，靴筒頂端是藍色的——和當地每個萌奇人的靴子一樣。有根杆子撐住他的背，他的身子就這麼立在整片玉米稈的上方。

桃樂絲認真研究起稻草人這張畫有五官的怪臉，卻看見臉上的一隻眼睛慢慢對她眨了一下。小女孩大吃一驚。她原本以為自己眼花了，畢竟在堪薩斯沒有一個稻草人會眨眼睛呀。說時遲那時快，稻草人又朝她點點頭，態度還十分友善。於是桃樂絲爬下籬笆走向稻草人，托托則兜著撐住稻草人的杆子轉圈，在那邊又跑又叫。

「妳好。」稻草人扯著相當粗啞的嗓音說。

「是你在說話嗎？」小女孩充滿驚奇地問。

「沒錯。」稻草人回答。「妳好嗎？」

「我很好，謝謝你。」桃樂絲客客氣氣地回答。「你好嗎？」

「不怎麼好哩。」稻草人微微一笑。「為了嚇跑那些烏鴉，我沒日沒夜地守著這片田，哎呀真是無聊透了。」

「不能下來嗎？」桃樂絲問。

「不行啊，有根杆子吊著我的背呢。如果妳能行行好幫我抽掉杆子，那真是感激不盡！」

桃樂絲伸手舉起杆子上的稻草人，將他放了下來。由於稻草人身體裡全都是稻草，所以一點也不重。

「太謝謝妳啦。」終於回到地面上的稻草人說。「啊！重生了重生了。」

這個塞滿稻草的人竟然會說話，還會對她鞠躬、走到她的身邊——桃樂絲看得莫名其妙，倒也覺得大開眼界。

稻草人舒展了四肢，還打了個呵欠。他說：「妳是誰呢？妳要去哪裡？」

「我叫桃樂絲。」小女孩說。「我要去翡翠城，請偉大的奧茲幫助我回到堪薩斯。」

「翡翠城在哪裡？」他問。「奧茲又是誰啊？」

「咦，你不知道嗎？」她驚訝地反問稻草人。

「不知道，我真的不知道。我什麼都不知道啊。妳瞧，我這全身上下塞滿了稻草，哪來的腦袋呢？」他傷心地說。

「噢，好可憐哦。」桃樂絲回答。

「如果我陪妳去翡翠城——」稻草人問：「妳想那個叫奧茲的會給我一副腦袋嗎？」

「我不知道欸……」她回答。「但是，如果你願意，就跟我一起去呀。就算奧茲最後沒給你腦袋，你也不會有什麼損失。」

「這倒是。」稻草人說。「妳知道嗎？我的手啊腳啊身體啊都塞滿了稻草，但我並不在乎，因為我是絕不會受傷的。要是有人踩到我的腳趾或拿針戳我，那也無所謂，因為我不會感到一絲絲疼痛。但是……」他把自己的祕密都說給桃樂絲聽。「但是我不要別人叫我傻子！再說，如果我的頭一直都塞著稻草，而不是像妳這樣裝著腦袋，我這輩子又要怎麼獲得知識，明白道理呢？」

「我懂。」小桃樂絲說。她打從心底為他感到難過。「如果你跟我一起去，我會請奧茲盡力幫助你的。」

「謝謝妳。」稻草人感激地說。

他們回到路邊。桃樂絲幫稻草人翻過籬笆，然後和他一塊兒踏上通往翡翠城的黃磚路。

對於這位新加入的隊友，托托一開始可不高興。他在稻草人身邊聞來聞去，一副懷疑人家稻草裡藏著一窩老鼠似的，還不時對稻草人發出充滿挑釁的咆哮。

「別管托托。」桃樂絲對這位新朋友說。「他不會咬人的。」

「哦，我不怕啊。」稻草人回答。「稻草是不會痛的。

請務必讓我幫妳提提籃子。沒關係啦，反正我又不會累。偷偷告訴妳哦——」他邊走邊講。「這個世界上，我只害怕一樣東西。」

「什麼東西？」桃樂絲問。「是製作你的萌奇農夫嗎？」

「不是。」稻草人答道。「我只怕點著的火柴。」

第四章、穿過森林的路

他們走了幾個鐘頭之後，腳下的黃磚路就變得沒那麼平坦了。稻草人走得格外辛苦，因為他三不五時就被這裡凹一塊、那邊凸一塊的黃磚給絆倒。沒錯，有些黃磚不是碎了就是缺了，讓路面留下不少的坑坑洞洞。這種時候，托托就用跳的，桃樂絲就用繞的，但少了腦袋的稻草人還是會筆直地向前走，接著便一腳踩進了坑洞，然後整個人摔在硬邦邦的黃磚上。不過，他永遠不會因此而受傷。桃樂絲會拉他一把，讓他站穩來，他再趕上她，並快活地挖苦自己的不幸。

此處盡是荒田，遠不如他們先前走過的一片片經人悉心耕犁的農地。隨著腳步的前進，他們還發現道路兩旁越來越少房舍和果樹，整個鄉間也瀰漫起一股灰暗寂寥的氣氛。

到了中午，他們坐在靠近溪流的路邊休息。桃樂絲掀開籃子上的白布拿出些麵包，還分一片給稻草人吃，但他說他不要。

「我是不會餓的。」他說。「也幸好我不會感到飢餓。看哦，我這張嘴是畫出來的，如果我在嘴巴裡割開一個洞，那我就可以吃東西了，不過裡頭的稻草也會因此掉出來，然後我的頭形就會變得亂七八糟。」

桃樂絲覺得這話說得一點也沒錯，所以點點頭，繼續吃她的麵包。

等桃樂絲吃完東西，稻草人就說：「說點妳自己的事吧，還有妳的家鄉。」於是她將有關堪薩斯的一切都告訴了他。她為他描述那片灰色的家鄉，以及自己是如何被龍捲風掃到這塊奇妙的奧茲大地來。

稻草人仔細聆聽，然後說：「我不明白妳為什麼想離開這個美麗的國度，要回去那個乾巴巴、灰濛濛的堪薩斯。」

「因為你沒有腦袋，才會這麼想吧。」小女孩答道。

「對我們這些有血有肉的人類來說，無論家鄉有多乏味、灰暗，無論異鄉有多美，我們還是寧願留在自己的家鄉。畢竟沒有一個地方比得上自己的家呀。」

稻草人嘆了一口氣。

「我當然無法理解啊。」他說。「如果你們的頭也像我這樣塞滿了稻草，你們大概就會專挑美麗的地方住了，然後堪薩斯就變成一座空城⋯⋯不過你們都有腦袋哩——幸運的堪薩斯。」

「趁我們還在休息，你要不要說點故事給我聽呢？」小女孩問。

稻草人對桃樂絲投以責備的眼神，並且說：

「我的人生還太短暫，哪知道什麼故事啊？我前天才被做出來欸。前天之前發生過什麼事，我完全不曉得呀。但我還算幸運；那位農夫完成了我的頭之後，便為我畫上耳朵，所以我聽得到接下來發生的事。那時，有另外一個萌奇人站在農夫身邊，而我聽到的第一句話就是農夫說：『你覺得這對耳朵畫得怎麼樣？』

「這個萌奇人就回答：『耳朵又不是直直一條線。』

「農夫則說：『沒關係。像不像，三分樣。』這話真叫人無法反駁。

「『我要來畫眼睛了。』農夫說完就畫了我的右眼。他一畫完，我就發現自己正看著他，還帶著極大的好奇心觀察周圍的一切。這畢竟是我瞥見世界的第一眼嘛。

「在一旁看著農夫作畫的萌奇人說：『這隻眼睛真漂亮。眼睛就是要用藍色的漆料來畫才對。』

「而農夫說：『我要把另外一隻眼睛畫大一點。』他畫完左眼之後，我看得比先前更清楚了。他接著幫我畫上鼻子、嘴巴——我沒有馬上開口說話，因為當時的我還不知道嘴巴的用處。我高興地看著他們做出我的身體，我的手和腳；當他們終於替我把頭、身體和四肢都接了起來，我真的好得意哦，因為我以為自己和其他人一樣完整了。

「『這傢伙肯定能把烏鴉嚇得滿天飛。』農夫如此說道。『他就跟真人一模一樣。』

「萌奇人說：『嗯，他是人啊。』我贊同他的說法。農夫夾著我走到了玉米田，然後就將我立在一根長長的杆子上——就是妳遇到我那會兒，撐在我背上的那根杆子。過沒多久，他就和他的朋友離開了，把我獨自留在那裡。

「可我不願就這麼被他們拋下啊。我想跟他們走，無奈我的腳無法著地，我被迫吊在杆子上啦。我的生活孤單又寂寞，因為我才剛來到這世上，根本沒什麼事好思考。許多烏鴉和其他鳥類紛紛飛到玉米田，可是看到我又馬上飛走了，因為他們以為我是個萌奇人——不錯吧，我是個有頭有臉的人物哩。不久之後，一隻老烏鴉飛了過來；他上下打量我一番，然後停在我的肩頭，說：

「『難道那農夫以為用這種笨拙的伎倆，就愚弄得了我嗎？任何一隻見過世面的烏鴉，都曉得你不過是靠稻草塞出來的稻草人啊。』接著老烏鴉就跳到我的腳邊盡情吃個夠。而當其他的鳥發現老烏鴉並沒有被我打傷，也都飛來啄食玉米了。我的周遭很快就圍了一大群鳥。

「太悲傷啦，因為這就表示我不算一個優秀的稻草人。不過，老烏鴉安慰我說：『要不是你有頭無腦，你一定跟那些農夫一樣能幹，甚至強過某些農夫呢。腦袋就是這世上唯一有價值的東西啊——對烏鴉或人類來說都是哦。』

「烏鴉飛走之後，我反覆思考他說的這番話，然後打定主意要得到腦袋。我真是時來運轉欸，碰巧妳走了過來，還願意幫我抽掉杆子。從妳的話聽來，我相信一旦我們抵達翡翠城，那位偉大的奧茲就會立刻賜我一副腦袋。」

「但願如此。」桃樂絲誠懇地說。「因為你似乎非常渴望能有副腦袋。」

「啊，是啊，非常渴望。」稻草人答道。「知道自己是個傻子的感覺太令人不快了。」

「好啦，我們出發吧。」小女孩說。她將籃子交給稻草人。

現在，路的兩旁沒有搭上半條籬笆，路面凹凸不平，土地也未經開墾。他們在傍晚時分走進一片大森林；森林裡的樹木又大又高，挨著彼此密集地生長，樹上的枝條甚至遮蔽了黃磚路的上空，阻隔了陽光，導致這段路幾乎是漆黑一片。然而旅人並沒有因此停下腳步。他們繼續往森林裡走。

「路有進就有出。如果這條路穿進森林，那我們依著這條路走，就能走出森林。」稻草人說。「而既然翡翠城在這條路的盡頭，我們就得順著這條路走。」

「這不是人人都知道的道理嗎？」桃樂絲反問他。

「是啊，所以我才知道嘛。」稻草人說。「我是說不出那種需要動腦筋才有辦法明白的事情的。」

約莫過了一小時，陽光消失了。他們在黑暗中跌跌撞撞地走著。桃樂絲什麼也看不見，托托倒是看得很清楚。有些狗就具有這樣的本領。稻草人說自己即使身在黑暗中，也和在大白天裡一樣看得見，桃樂絲遂抓著他的手臂走，總算是能勉強前進。

「如果你看見房舍或其他可以過夜的地方——」她告訴他。「一定要說哦。天色這麼暗真不好走路。」

不一會兒，稻草人停下了腳步。

「我們的右手邊有間用木頭和樹枝搭成的小屋。」他說。「要過去嗎？」

「要，我們走吧。」這孩子答道。「我累得一點力氣也不剩了。」

稻草人領著她穿過一棵棵的大樹，來到小木屋的門前。桃樂絲進了屋，並在屋內一角發現用枯葉鋪成的床。她隨即躺了下來，一旁的托托也和她一起進入夢鄉，而不知疲倦的稻草人就站在另一塊角落裡，耐心等待天亮。

第五章、拯救錫人

桃樂絲醒來時，晨間的陽光已穿過枝葉間的縫隙灑進了森林，而托托早就跑到外頭追逐鳥兒和松鼠去了。小女孩坐起身子，再擺頭一瞧，便看見稻草人仍舊耐心地站在同一個角落，等著她下床。

「我們得去找水。」她對稻草人說。

「找水做什麼？」他問。

「洗臉啊。走了這麼久，我都灰頭土臉了。我還要喝水。

麵包這麼乾，不配著水吃會噎到欸。」

「看來你們人類也不好當呢。」稻草人若有所思地說。「要睡要吃又要喝，真是麻煩。但不管怎麼說，用這麼多麻煩事換一顆可以好好思考的腦袋，還是很划算。」

他們走出小木屋往樹林間去，直到發現一流小小的清泉才停下腳步。桃樂絲在這邊喝水、洗澡，就著泉水吃她的早餐。籃子內的麵包已經所剩無幾，頂多能供桃樂絲和托托填飽一天的肚子。她忽然感激起稻草人來，因為他不需要食物，不用與她和托托分食。

小女孩吃完早餐，正準備返回黃磚路繼續旅程時，附近卻傳來一聲低沉的呻吟，把她嚇了一大跳。

「那是什麼聲音啊？」她怯生生地問。

「我毫無頭緒。」稻草人回答。「不過我們可以去瞧瞧。」

就在這個時候，他們又聽見另一陣呻吟。那聲音似乎是從他們身後傳來的，於是他們往後一轉，朝森林裡去。沒走上幾步，桃樂絲就發現有什麼東西正反射著穿過枝葉的陽光。她跑去一瞧，然後叫了一聲。

原來有個全身用錫片打製出來的人，雙手高舉著斧頭站在一棵被砍了幾吋的大樹旁。他的頭和四肢都完好地接在身體上，卻只是靜靜立在那兒，彷彿無法動彈。

桃樂絲訝異地注視著他，稻草人也是，只有托托激動地對他吠叫，還衝上去咬住他錫製的小腿，卻傷了自己的牙齒。

「是你在呻吟嗎？」桃樂絲問。

「是的。」錫人說。「是我在呻吟。我已經叫了一年多啦，但從沒有人聽見我的呻吟，也從沒有人過來幫助我。」

「我該怎麼幫你呢？」桃樂絲被他哀戚的聲音所打動，所以溫柔地問。

「去找一罐油，然後幫我的關節上油。」他回答。「我的關節嚴重生鏽，動不了啦。上了油之後，我馬上就生龍活虎了。我的小木屋裡有罐油，就擺在架子上。」

桃樂絲立刻跑回小木屋，找到油罐後再跑進森林裡。她焦急地問：「哪些關節要上油？」

「先幫我的脖子上油。」錫人說。桃樂絲開始動作，但錫人的頸關節鏽得實在太厲害，還得靠稻草人幫他按住頭、輕輕地左右轉動，直到頸關節不再卡住，錫人才有辦法自由自在地轉頭。

「現在幫我的手臂上油。」他說。桃樂絲遂將油滴進他手臂的關節，接著稻草人便小心翼翼地彎起他的手，直到他的雙手不再因生鏽而不得動彈，靈活得像套新品為止。

錫人大大鬆了一口氣，也放下手中那把靠在樹上的斧頭。

「舒服多了。」他欣然說道。「打從生鏽以來，我就一直舉著這把斧頭，現在終於能放下它了，真好呢。再來，如果二位能幫我腿部的關節上上油，我就能完好如初了。」

他們這就為錫人的腿關節上油，後來他也總算能隨意活動雙腿了。得到解放的錫人一再向他們道謝；他似乎很懂禮數，也曉得感激。

「還好遇到你們，否則我八成得在這兒站到地老天荒了。」他說道。「你們真的救了我一命啦。不過，你們怎麼會經過這裡呢？」

「我們要去翡翠城找偉大的奧茲。」她答道。「昨天晚上，我們還在你的小木屋裡過夜呢。」

「你們去找奧茲做什麼？」他問。

「我要請奧茲送我回堪薩斯，這位稻草人要請奧茲把腦袋裝到他的頭裡。」她答道。

錫人沉默了一陣，似乎在想些什麼。接著他說：

「妳想奧茲會願意賜給我一顆心嗎？」

「哦，應該會吧？」桃樂絲說。「那不是和給稻草人腦袋一樣簡單嗎？」

「可不是嘛。」錫人答道。「那麼，如果你們准許我一起同行，我也想去翡翠城，請求奧茲的幫助。」

「一塊兒來呀！」稻草人熱情地邀請，桃樂絲也表明自己很樂意有他為伴。於是錫人扛起斧頭，和他們一起穿越森林，回到黃磚路上。

錫人還拜託桃樂絲把油罐收到她的籃子裡。他是這麼說的：「我淋到雨就會生鏽。要是少了這罐油，我會很苦惱的。」

有這麼一位新朋友的加入，他們算是運氣不錯，因為啟程後不久，桃樂絲與夥伴們就遇到了阻礙：黃磚路被密密叢叢的樹木和樹枝擋道，他們一行人根本過不去。此時，錫人便舉起斧頭開始劈砍；他動作非常熟練，很快就替大家開出一條路。

他們通過時，桃樂絲正專心思考著，絲毫沒注意稻草人又跌進路上的坑洞，滾到了路邊。沒辦法，稻草人只好呼喚桃樂絲，請她過來拉他一把。

「你為什麼不繞過坑洞咧？」錫人問。

「我哪懂這麼多呀？」稻草人爽朗地答道。「我的頭塞滿了稻草嘛，所以才要去找奧茲，請他給我個腦袋呀。」

「哦，原來如此。」錫人說。「不過說到底，腦袋並不是這世上最有價值的東西。」

「你有腦袋？」稻草人問。

「沒啊，我的頭空空的。」錫人回答。「可是我曾經有個腦袋，也有過一顆心。這兩組我都用過啦，所以要我選的話，我一定選心。」

「這又是為什麼呢？」稻草人問。

「我來說說自己的故事，你聽完就知道為什麼了。」

於是，就在他們穿過森林的途中，錫人說了這麼一則故事：

「我爸爸是位樵夫。他每天到森林裡砍柴，靠賣柴養活我們一家人。我長大之後也成為一名樵夫；後來爸爸去世了，我就負責照顧老邁的媽媽，直到她也離開了人世。然後，我下了一個決定：我不要一輩子形單影隻地生活，我要結婚，因為結了婚就不會寂寞啦。

「後來出現了一位萌奇姑娘。她十分美麗，過沒多久我便愛上了她——全心全意地愛著她。她承諾只要我賺足了錢，能為她蓋一間華美的房子，她就願意嫁給我。於是我比以前更勤奮地工作。然而，與她同居的一位老婦人反對她婚嫁，因為這位老婦好吃懶做，想把我的心上人留在身邊，好替自己煮飯、整理家務。老婦人找上了東方壞女巫，說她願意以兩隻羊和一頭乳牛作為交換，只求壞女巫破壞我們的愛情。壞女巫隨即對我的斧頭施了法術，所以，當我使出全力，努力地砍柴——因為我巴望能盡快蓋新房、娶新娘啊——我的斧頭馬上從我的手裡滑了出去，砍斷我的左腿。

「我原先以為自己霉運纏身、倒楣透頂，因為缺了一條腿的男人是當不了一個稱職的樵夫的。後來我去錫匠那兒，請他用錫為我打造一條全新的左腿。沒想到新左腿非常靈活，我很快就適應了。但是我這番作為激怒了東方壞女巫，畢竟她已經向老婦人保證不會讓我娶走那位美麗的萌奇姑娘啦。因此，正當我準備劈柴，手裡的斧頭又滑出去了，而這次被砍斷的是我的右腿。我又去找錫匠幫忙，他也同樣用錫為我做了一條右腿。之後，這把被施術的斧頭接連砍去我的雙臂，可是我沒有就此灰心喪志，斷掉的手臂也都一一裝上了錫製的手臂。最後壞女巫讓斧頭滑向我的頭，害我人頭落地。我當時以為一切都完啦，幸好錫匠碰巧看見了我，還為我打製了一顆錫頭。

「我本以為自己已經戰勝了壞女巫，所以更加拚命地砍柴，不料敵人還有更狠毒、更殘酷的手段。她想出一個新招來斬斷我對那位美麗萌奇少女的愛意——她又施法使我的斧頭滑了出去，讓斧頭剛好劃開我的身體。我就這麼被劈成兩半啦。錫匠再度幫助了我，為我打造錫製的身體，再將我那些錫製的手臂、腿和頭部用關節接在身體上，讓我能跟之前一樣活動自如。可是……唉！我失去了心，也就失去了對那位萌奇少女的愛，甚至不在乎能不能娶她為妻了。我猜她現在還和那位老婦住在一塊兒，等著我去提親吧。

「這副身體是我的驕傲。看，我在陽光下閃閃發著光呢！

就算斧頭再從我手中滑落也不要緊，因為它再也無法砍傷我了！我唯一的致命傷就是關節會生鏽，所以我在小木屋裡放了一罐油，如果有需要，我再謹慎地幫自己上油就行了！但是有一天，我卻忘記保養，後來還被困在暴風雨裡，而在我意識到情況危急之前，那一道道關節就生鏽了。我只好在林間維持同樣的姿勢，直到你們過來幫忙，我才得以解脫。在那裡呆立一年可真不是滋味呀，不過拜此之賜，我才有機會思考什麼是我今生最大的遺憾。那就是失去了我的心。當我沉浸在愛裡，我就是全天下最幸福的人，可是一個沒有心的人，又怎麼能去愛呢？所以我要請奧茲賜給我一顆心。如果他給了我一顆心，我就要回去找那位美麗的萌奇少女，跟她結婚。」

桃樂絲和稻草人興致勃勃地聽著樵夫錫人的故事，而現在故事說完了，他們也明白他這麼想得到一顆心的原因了。

「我的決定還是一樣。」稻草人說。「我想要的不是心，而是腦袋，因為一個傻子就算有心，他還是不會曉得該拿這顆心怎麼辦。」

「我要心。」樵夫錫人說道。「有了腦袋並不會讓人感到幸福，而幸福是世界上最美好的事。」

桃樂絲不發一語，因為她無法判斷這兩位朋友究竟誰說得對、誰說得錯。她想著，只要能回到堪薩斯，回到她艾姆嬸嬸的身邊，那麼錫人有沒有腦袋、稻草人有沒有心，或他們能否得到各自所企盼的東西，都沒那麼重要了。

不過她現在最擔心的是籃子裡的麵包就快吃完了，剩下的分量只夠她和托托吃一餐。錫人和稻草人當然都不需要吃東西，但她既不是錫製的，也不是稻草塞成的——她是沒有食物就活不下去的血肉之軀呀。

第六章、膽小的獅子

桃樂絲和夥伴們在密林間穿行時，腳下雖然依舊是那條黃磚路，但路面覆蓋了從樹上落下的枯枝敗葉，走起來並不輕鬆。鳥兒喜歡棲息在陽光充足的開闊鄉間，所以到了這一帶，就沒有幾隻鳥出現了，自然少了悅耳的鳥語。他們倒是不時聽見某種隱身在樹叢中的野獸發出的低沉吼叫。這幾聲吼叫聽得小桃樂絲心驚膽跳，因為她不曉得究竟哪種猛獸會發出這種聲音。但托托是知道的，所以他緊跟著桃樂絲走，甚至不敢吠回去。

「我們還要走多久——」那孩子問樵夫錫人。「才能走出這座森林啊？」

「不曉得欸。」樵夫錫人答道。「我也是第一次去翡翠城。我爸爸在我小時候去過一次，他說他走了好久好久哩。雖然一到奧茲居住的城市附近，景色就會變得非常迷人，但在這之前還得穿過一個非常危險的地方。不過，只要有這罐油在身邊，我就什麼都不怕！也沒什麼傷得了稻草人啊。至於妳，妳額頭上有好女巫親吻後留下的印記，那記號會守護妳，保妳平安的。」

「那托托呢？」桃樂絲焦急地問。「誰來保護托托？」

「如果遇到危險，他就得靠我們幾個了。」錫人回答。

錫人話還沒說完，森林裡便傳出一聲駭人的狂吼。接著，有頭大獅子跳上這條黃磚路。他獅掌一揮，稻草人就被打得連翻好幾圈，人都滾到路邊去了。他再使出利爪攻擊錫人。令他驚訝的是，他的爪子並沒有在那片錫上鑿下痕跡，不過錫人也因此摔了一大跤，倒在路上一動也不動。

而既然對方已經現身，小托托當然要正面迎敵。他跑向獅子，衝著他放聲吠叫。這頭大野獸於是張開大嘴準備咬下去，但這時候，一心護著托托的桃樂絲不顧自己的安危，奮身衝上前去，還使盡氣力朝大獅子的鼻子摑了一掌，然後縱聲罵道：

「你竟敢咬托托！你這麼大一頭猛獸，竟然去咬一條瘦弱的小狗！你怎麼好意思啊？」

「我又沒有咬下去。」獅子一面為自己辯解，一面用腳掌揉揉剛才被桃樂絲揍了一下的鼻子。

「你是沒有咬，但是你打算要咬啊！」她反駁。「你不過是個塊頭比較大的膽小鬼而已！」

「我知道啦。」獅子羞愧得低下了頭。「我一直都知道自己很膽小。但我又能怎樣嘛！」

「我不知道你能怎樣，但是你——你居然去攻擊一個全身塞滿稻草的人！可憐的稻草人！」

「他全身塞滿了稻草？」獅子驚訝地問，同時看著桃樂絲將稻草人扶起、助他站穩來，也輕輕拍打他的身子，使他恢復原形。

「他是全身塞滿了稻草啊。」依然怒氣沖沖的桃樂絲回答。

「怪不得他這麼容易就翻了過去。」獅子說。「他翻了這麼多圈，我都看傻眼了呢。另外一個人的身體也塞滿稻草嗎？」
「沒有。」桃樂絲回答。「他是用錫片打製的。」說完，她也扶起錫人。
「難怪！我的爪子差點就被他弄鈍了呢。」獅子說。「當我的爪子劃上他的錫片，我的背脊都發冷啦。妳很疼愛的那隻小動物呢？那小傢伙又是什麼？」
「是我的小狗托托。」桃樂絲答道。
「那他是用錫片打製而成的呢？還是用稻草塞出來的？」獅子問。
「都不是。他是一條……一條有血有肉的狗。」小桃樂絲說。
「哦！多麼新奇的動物！現在一看，我才發覺他真是迷你呢。誰也不會想去咬這麼一個小傢伙的，只有我這種膽小鬼……」獅子難過地說。

「你怎麼會這麼膽小呢？」桃樂絲問。她好奇地看著這個龐然大物——他就像匹小馬那麼高呀。

「這是一個謎。」獅子回答。「我想，我天生就是個膽小鬼。森林裡的動物都理所當然地認為我非常勇敢、無所畏懼，畢竟在任何一個地方，獅子都被稱作萬獸之王。我發現只要大聲咆哮，所有動物都會嚇得立刻跑開。我遇到人就怕得要命，但只要我一吼，對方一定拔腿狂奔。如果那些大象、老虎和熊打算與我較量較量，我應該會夾著尾巴逃走吧。我就是這麼膽小啊。不過他們一聽到我的叫聲就跑得遠遠的——我當然讓他們跑嘍。我巴不得呢。」

「可是這沒道理呀。哪有這麼窩囊的萬獸之王呢？」稻草人說。

「就是說啊。」獅子答道，還用尾巴末端擦去一滴奪眶而出的眼淚。「這是我一輩子的痛，搞得我寢食難安。可是每當我遇到危險，心就跳得好快哦！」

「你會不會是有心臟病啊？」樵夫錫人問。

「說不定哦？」獅子答道。

「假使你真的有心臟病——」樵夫錫人繼續說道。「你就該感到欣慰了，因為那表示你有一顆心。我呢，我沒有心，所以不會得心臟病。」

「或許吧。」獅子想了想。「如果沒有心，我就不再是膽小鬼了。」

「你有腦袋嗎？」稻草人問。
「有——吧？我沒想過這個問題欸。」獅子答道。
「我要去找偉大的奧茲，請他給我一副腦袋。」稻草人說。
「因為我的頭就跟身體一樣，只是一堆草包呢。」
「我要請他給我一顆心。」錫人說。
「我要請他將我和托托送回堪薩斯。」桃樂絲也說上一句。
「你們覺得奧茲會給我勇氣嗎？」膽小的獅子問。
「那就跟給我腦袋一樣輕而易舉啊。」稻草人說。
「也和給我一顆心一樣簡單。」錫人說。
「或是帶我回堪薩斯！」桃樂絲說。
「那，如果你們不介意，我也要一起去。」獅子說。「我一點勇氣也沒有，活得好累好辛苦啊。」

「我們非常歡迎你哦。」桃樂絲說。「因為你可以幫我們趕跑其他野獸。如果他們這麼輕易就被你給嚇跑，一定比你更膽小。」

「他們的確比我膽小。」獅子回答。「可是那並不會讓我變得勇敢一點。而且，只要我知道自己還是個膽小鬼，我就快活不起來。」

於是這支小小隊伍再次上路，還多了獅子在桃樂絲身邊昂首闊步地走著。托托一開始並不認同這個新夥伴；他可沒忘記自己差點就被獅子的大嘴給咬得粉碎呢。然而過沒多久，托托的心情放鬆了許多，一下就和獅子變成了好朋友。

除了遇到這頭膽小的獅子，他們當天沒再碰上其他驚險的大事。倒是錫人有回踩到一隻沿著路面爬行的甲蟲，碾死了這隻可憐的小東西。錫人非常難過，畢竟他一直小心翼翼，盡量不去傷害任何一條生命。既悲傷又懊悔的他邊走邊哭，而那幾滴眼淚緩緩滾落他的臉龐，再流到嘴角的接合處，他的嘴角就生鏽了。一會兒後，當桃樂絲問他問題，他也無法開口回答，因為那張嘴已經鏽成一塊啦。錫人害怕不已，連忙比手畫腳請桃樂絲解救，但她不懂他究竟想表達什麼。一旁的獅子也是一頭霧水。後來還是稻草人從桃樂絲的籃子裡拿出油罐替錫人的嘴角上油，過了幾分鐘，錫人才能一如往常地開口說話。

「我得到一個教訓：走路要看地上。」錫人說。「如果我又踩死一隻小蟲子或甲蟲，我肯定又會哭的。然後我的嘴巴又會生鏽，我就沒辦法講話了。」

從此之後，錫人走路時總會戰戰兢兢地盯著路面；如果看到小螞蟻吃力地行走，他就會一腳跨過去，免得傷害了人家。錫人非常清楚自己沒有心，因此他會特別留心，絕不殘忍或凶暴地對待任何生命。

「你們有心——」他說。「而心會指引你們，讓你們永不犯錯。可是我沒有心，所以我時時刻刻都得非常謹慎。奧茲給我一顆心之後，我當然就不需要顧慮這麼多了。」

第七章、驚險的旅程

這天晚上，因為附近連間房舍也沒有，他們就只好露宿野林，睡在一棵大樹下。這棵樹枝葉繁茂，能使他們免受露水之潮。錫人也用他的斧頭砍了一大堆木柴，讓桃樂絲點起熊熊篝火取暖。她的身子暖和了，也就不覺得自己的處境有多悲涼了。她和托托分食剩下的麵包後，又開始為了明天的早餐而煩惱。

「妳想吃的話——」獅子提議道。「我這就去森林裡給妳殺一頭鹿來。你們人類口味獨特，愛好熟食，那妳就來做道火烤鹿肉，然後就有一頓美味又豐盛的早餐可吃啦。」

「不！拜託千萬別這麼做！」樵夫錫人哀求著。「如果你殺了可憐的鹿，我鐵定會難過得哭了——然後我的嘴又要生鏽啦。」

獅子仍舊一溜煙兒地鑽進森林的深處，只不過他是為了獵食自己的晚餐。沒人知道他到底吃了什麼，因為他一個字也沒提。稻草人發現一棵結滿堅果的樹，於是揀下一籃滿滿的堅果，心想這些應該夠桃樂絲吃上好一陣子了。桃樂絲看出稻草人的善良，覺得他為人體貼、設想周到，但一瞧見這瘦弱的傢伙笨手笨腳地揀著堅果，她就忍不住笑開了。他那塞滿稻草的雙手多麼笨拙，偏偏堅果又那麼小，結果掉到地上的堅果就和他放到籃子裡的一樣多。但稻草人不在乎得花多少時間才能裝完整籃的堅果，因為這麼一來，他就能遠離那團熊熊篝火啦。萬一火星子飛進他的稻草，那可不是鬧著玩的呢，他會被燒個精光的。所以他和那堆火保持相當的距離，只有當桃樂絲躺平睡著了，他才靠近一些，為她蓋上乾枯的樹葉。既有火堆，又有枯葉當被子，桃樂絲覺得非常溫暖舒適。她睡得香甜，到隔天早晨才醒來。

天色漸明，小桃樂絲就著一條潺潺小溪洗了把臉後，便與夥伴們繼續朝著翡翠城前進。

接下來，這群旅人經歷了不少驚心動魄的事。才出發不到一小時，他們就看見前方橫著一條寬廣的大壕溝。大壕溝錯開了黃磚路，也劃分了整座森林，他們只能勉強看到對岸森林的側緣。他們爬上壕溝邊往下一望，便發覺這條壕溝不僅寬，還非常深，而且底部立著不少尖刺的大岩塊。加上大壕溝兩側的溝壁異常陡峭，他們誰也下不去。看來，這趟旅途就要於此告終了。

「我們該怎麼辦？」桃樂絲絕望地問。

「我完全沒個主意。」錫人說。獅子則甩甩蓬亂的鬃毛，似乎在想事情。

而稻草人說：「我們不會飛，這點是毋庸置疑的。我們也沒辦法爬下去。所以說，如果我們無法跳過這條大壕溝，就只能停在這裡了。」

「我應該跳得過。」膽小的獅子說。原來他剛是在估量大壕溝的寬度。

「那好辦了嘛。」稻草人答道。「你可以揹著我們跳，一次揹一個。」

「嗯，我試試看。」獅子說。「誰要先上？」

「讓我來。」稻草人正色說道。「如果你跳了之後發現實在跳不過，你背上的桃樂絲就會摔死在溝裡，不然錫人也會被溝底的大岩塊撞得凹凹凸凸、殘破不堪。不過讓我來的話，就沒什麼要緊的了，反正我摔下去也不會有事。」

「我自己倒是非常怕會摔下去呢。」膽小的獅子說。「但我想除了一試，我們別無他法。好！上我的背吧，我們來試試看。」

稻草人騎上獅子的背，接著這頭大野獸便走到溝邊，伏低了身子。

「你怎麼不先助跑再跳？」稻草人問。

「那不是我們獅子的跳法。」他答道。然後，只見他奮身一躍，就這麼凌空飛到了對面，穩穩著陸。看見獅子如此輕易越過大壕溝，大家都興奮得不得了。等稻草人下了他的背，獅子就再跳回這頭來。

桃樂絲抱起托托，準備讓獅子載到大壕溝的另一邊。她爬上獅子的背部，可是她這一秒才抓緊獅子的鬃毛，下一秒卻彷佛已飛過了空中；她還來不及反應，就平安抵達對面了。獅子又一次返回原處把樵夫錫人帶過來，然後這群旅人全都坐下，讓獅子好好休息一會兒——這麼奮身來回跳了幾趟之後，他已是上氣不接下氣，就像一隻剛跑完好幾哩路的大狗般氣喘吁吁了。

森林的這一頭非常濃密，看起來又黑又陰森。待獅子休息完畢，他們又繼續沿著黃磚路走。這群人一邊前進，一邊默默想著不曉得何時才能走出這片森林，踏上風光明媚的土地。突然之間，一陣奇怪的聲音自密林深處傳來——真是一波才平、一波又起。獅子低聲告訴他們，這一帶是怪力達的地盤。

「怪力達？那是什麼？」小桃樂絲問。

「一群虎頭熊身的大怪獸。」獅子答道。「他們的爪子又長又鋒利，隨隨便便就可以把我撕成兩半，就像我能殺死托托那樣毫不費力。我怕死怪力達了。」

「嗯，這我並不意外。」桃樂絲回答。「他們肯定是一群恐怖的野獸。」

獅子正要接話，大家卻發現眼前又出現一條深溝。這條溝同樣阻斷了他們的去路，而且比剛才的大壕溝更寬、更深，獅子一看就知道自己絕對跳不過。

他們席地而坐，思考可行的對策。經過一番深思熟慮後，稻草人說：

「這棵大樹就長在大壕溝旁。如果錫人能砍倒它，讓它倒向對岸，我們就能輕鬆橫度這條壕溝了。」

「這招真是妙呆了！」獅子讚道。「妙到大家會懷疑你頭裡裝的根本不是稻草，而是實實在在的腦袋哩！」

錫人即刻揮動他無比鋒利的斧頭，要不了多久，這棵大樹就快倒了。接著獅子抬起強壯的前腳，使出全力將樹向前猛推。大樹先是慢慢地傾斜，然後發出轟然巨響，橫掛在壕溝上。大樹的樹冠就躺在對岸。

他們才剛站上這座另類的橋梁，就聽見一聲刺耳的嚎叫。

大夥兒於是抬頭一瞧——多麼恐怖呀，有兩隻虎頭熊身的龐然巨獸朝他們奔來了！

「怪力達來了！」膽小的獅子說。他嚇得渾身直打哆嗦。

「快啊！」稻草人大喊。「快過橋！」

於是桃樂絲抱起托托走在前面，錫人跟在她後頭，接著是稻草人。獅子當然是怕得要死，但他仍舊轉身面對那兩隻怪力達，還發出一聲勇猛的怒吼。聽見吼聲的桃樂絲失聲尖叫，稻草人向後摔了一跤，就連凶惡的野獸怪力達也馬上停下腳步，驚訝地看著獅子。

可是怪力達也看出獅子的塊頭並不比他們高大，況且敵一我二，根本沒什麼好怕的。因此，他們再次衝了過來。獅子過橋後回頭一望，本想看看怪力達有何打算，不料那兩頭凶惡的野獸竟然窮追不捨，也踏上了樹橋。他對桃樂絲說：

「完蛋了，他們一定會伸出利爪，將我們撕個粉碎！來吧，快躲到我身後，只要我還有一口氣在，絕對會和他們拚到底！」

「先別急！」稻草人叫道。從剛才開始，他便思索著最好的解決辦法。他吩咐錫人砍斷落在他們這頭的樹冠，於是錫人立刻操起斧頭砍樹，而就在怪力達即將走完樹橋之際，樹橋發出啪的一聲，然後應聲斷裂，朝深溝掉了下去。那兩隻醜陋、叫囂不已的巨獸就跟樹橋一起往下墜，最後撞上溝底尖利的岩塊，摔得面目全非。

「哎呀！」膽小的獅子如釋重負，深深吐了一口氣。「我們真是福大命大！活著真好，因為死亡鐵定是件叫人難受的事啊。那兩隻怪力達可真把我嚇壞了，我的心到現在還怦怦地跳個不停哩。」

「啊……」錫人說。「我也好想有顆會怦怦跳的心哦。」

經歷了這段驚險萬分的插曲，旅人們比先前更急著走出這座森林。他們加快速度，後來桃樂絲走不動了，就爬上獅子的背讓他馱著走。令他們高興的是，隨著腳步的前進，原本的密林也逐漸稀疏開闊了。到了下午，他們眼前突然出現一條湍急的寬廣河流，而黃磚路就接在河流的對岸，穿向一片美麗的鄉間。那頭綠草如茵，還綴著鮮豔的花朵；黃磚路的兩側立著果樹，樹上掛滿甜美可口的果實。看著眼前這幅美麗的鄉間景色，他們頓時感到心曠神怡。

「我們要怎麼渡河呢？」桃樂絲問。

「很簡單。」稻草人答道。「只要錫人能為我們造隻木筏，我們就可以乘筏漂到對岸。」

錫人這就著手製作木筏。他舉起斧頭，打算劈倒幾株小樹，而他忙著砍樹造筏時，稻草人發現岸邊有棵結滿美味水果的樹。桃樂絲高興極了，因為她已經吃了整天的堅果啦。她摘下成熟的水果，心滿意足地吃著。

不過建造木筏可是一件相當費時的工程，即便像錫人這般勤快、不知疲倦的樵夫，也無法在幾個鐘頭之內完工，而黑夜已然降臨。因此，他們在樹下找了一塊舒適的地方，進入甜甜的夢鄉。桃樂絲在夢中看見了翡翠城，也遇到承諾會立刻送她回家的好巫師奧茲。

第八章、奪命罌粟香

隔天早晨，這支小小旅行團起床了。他們一個個神清氣爽、充滿朝氣；早餐時，桃樂絲還像個小公主般，享用著從河邊果樹上摘下的鮮美桃李。儘管他們身後那片漆黑密林隱伏著重重危機，幾度使他們垂頭喪氣、手足無措，但也總算平安通過了。而今在他們面前展開的，是一片景色宜人、陽光普照的鄉間。那鄉間似乎在和他們招手，要他們快快上路前往翡翠城。

當然，他們和這片美麗的樂土還隔了條寬廣的大河，所幸木筏就快完成了。錫人再砍了幾根木條，並用木釘釘緊後，這一行人便準備渡河。桃樂絲抱著托托坐在木筏的中間，膽小的獅子也站了上去，不過他又大又重，害木筏嚴重傾斜。還好稻草人和錫人站在獅子的斜對面，這才維持住木筏的平衡。接著，他們便執起長長的木杆划水渡河。

本來一切都進行得順順利利，不料到了河中央，他們就被湍急的水流沖往下游。只見他們離黃磚路越來越遠，河水也越來越深，長木杆根本搆不到河底。

「這下糟了。」樵夫錫人說。「再不靠岸的話，我們就要被河水沖到西方壞女巫的國家去啦。她會施術把我們變成她的奴隸啊。」

「那我不就得不到腦袋了？」稻草人說。

「我就得不到勇氣了。」膽小的獅子說。

「我就得不到心了。」樵夫錫人說。

「我就再也無法回到堪薩斯了。」桃樂絲說。

「只要我們竭盡所能，就一定到得了翡翠城。」稻草人說。

然後，他使勁將長杆狠狠往下戳，杆子就牢牢插進了河底的淤泥之中。他還來不及拔起長杆——他還來不及放手，木筏就被激流給沖走了！可憐的稻草人握著杆子，孤伶伶地受困在水面上。

「再見了！」他對遠去的夥伴們大聲喊道，而他的夥伴也為脫隊的他感到難過。真的，樵夫錫人已經哭起來了，但還好他想起自己可能會因此生鏽，趕緊用桃樂絲的圍裙拭乾了眼淚。

對稻草人來說，眼下這情況無疑是場災難啊。

「現在這狀況，比我之前遇到桃樂絲的時候還慘哩。」他想。「當時我雖然被吊在玉米田的杆子上，但起碼還能做做樣子，嚇嚇烏鴉。而現在呢？一個撐在河中央的稻草人又能有什麼作為？我看我永遠得不到腦袋了。」

他們的木筏順流而下，可憐的稻草人已經被遠遠拋在後頭了。獅子說：

「我們可不能坐以待斃。來，你們抓牢我的尾巴，我再拉著木筏上的你們游向岸邊，這樣應該就能脫險了。」

獅子說完就跳下水，並於錫人抓緊他的尾巴後，開始傾力游向河岸。然而，儘管獅子強壯結實，這仍是項吃力的苦差事。

但是不久之後，他們就脫離了激流，桃樂絲也拿起錫人的長杆，幫忙將船划向岸邊。

當他們終於靠岸，也踏上美麗油亮的綠草地，一個個都精疲力竭了。他們知道木筏被沖到很遠的地方，這下子，他們和通往翡翠城的黃磚路拉得更開了。

「接下來呢？」樵夫錫人問道。那全身溼答答的獅子則趴在草地上曬太陽。

「無論如何，我們都必須回到黃磚路上才行呀。」桃樂絲說。

「最保險的辦法，就是沿著河岸走回去。」獅子說道。

於是休息片刻之後，桃樂絲就拎起籃子，和夥伴們沿著岸邊的青青草地，走向先前登上木筏的河段。此處風景真是優美，既有好多色彩豔麗的花朵和果樹，又有振奮人心的陽光；要不是他們為可憐的稻草人感到傷心難過，這會兒肯定高興得活蹦亂跳了。

他們加緊腳步往回走，所以桃樂絲在途中只稍微停留一下，摘了一朵美麗的花。過沒多久，樵夫錫人扯著嗓子大叫一聲：「你們看！」

其他人轉頭望向大河：河中央插著一根杆子，而稻草人就撐在杆上，看起來多麼落寞寡歡。

「我們要怎麼把他救下來？」桃樂絲問。

獅子和錫人一籌莫展地搖搖頭，他們都無計可施。這一行人坐在岸邊，愁眉苦臉地望著稻草人。然後，一隻鸛飛過來了。她看見這群人，便飛到水邊和他們搭話，順便休息。

「你們是什麼人？又要往哪裡去？」鸛問。

「我叫桃樂絲。」小女孩答道。「他們是我的朋友樵夫錫人和膽小的獅子。我們要去翡翠城。」

「這條可不是通往翡翠城的路哦。」鸛說，也扭起長長的頸子，機伶地檢視這支組成特異的隊伍。

「我知道。」桃樂絲回答。「但是稻草人和我們走散了，我們正在想辦法解救他。」

「他在哪裡？」鸛問。

「那裡。就在河中央。」小女孩答道。

「如果他的個頭不算太大，體重也不會太沉，我可以幫你們把他帶過來。」鸛說。

「他一點也不重。」桃樂絲急切地說。「他全身塞滿稻草，很輕的。如果妳願意將他帶回我們身邊，我們一定會非常、非常感激妳。」

「嗯，我就試試看吧。」鸛說。「不過，要是他沉得我提不起來，我就不得不把他放回河面上哦。」

於是這隻大鸛飛至水面上空，再往下俯衝到稻草人攀著的長杆。她用大爪抓住稻草人的肩膀，提著他振翼飛起，隨後也回到了桃樂絲、獅子、樵夫錫人和托托坐著等候的岸邊。

和朋友們重聚的稻草人高興極了。他感動得一一擁抱他們，連獅子和托托也不例外。小小隊伍再度出發，而稻草人邊走邊高唱「多地哩地歐！」，心情多麼愉快啊。

「我還以為這輩子就這麼困在河面上了！我好害怕喔。」他說。「多虧好心的鸛救了我。哪天我有了腦袋，一定會回來找鸛，報答她的恩情。」

「好說，好說。」鸛飛在他們的身旁。「任誰遇到困難，我都願意幫忙啊。不過現在我得走了，我的寶寶們還在巢裡等我呢。願你們能抵達翡翠城，得到奧茲的幫助。」

「謝謝妳。」桃樂絲說。好心的鸛拍翅飛向天際，才一會兒便沒了蹤影。

他們雙腳走著，耳朵聽著羽色亮麗的鳥兒輕聲啼唱，眼睛欣賞著爭奇鬥豔的花朵。這片土地上繁花錦簇，就像鋪了一張以花縫製而成的大毯子。這些花有黃有白、有紫有藍，朵朵綻著大片的花瓣。這其中還有一大叢深紅色的罌粟花。它們的色彩多麼燦爛，桃樂絲看得眼睛都要花了。

「這些花真是美極了。」小女孩一邊驚嘆，一邊聞著這些花朵飄散出來的濃烈香氣。

「我想是的。」稻草人回答。「等我有了腦袋，應該更能欣賞這些花朵的美好吧。」

「要是我有一顆心，也會喜愛這些花。」樵夫錫人接著說。

「我一直都很喜歡花。」獅子說。「它們看起來是多麼嬌柔、多麼脆弱呀。但這些花也比森林裡的鮮豔太多了吧。」

漸漸地，他們發現深紅色的大罌粟越長越密，其他種類的花越來越少。轉眼間，他們竟置身在一片罌粟花海之中。我們都知道一大把罌粟花會散發出非常驚人的香氣，其濃烈程度任誰一聞，都會進入深深的睡眠，而只要這個沉睡的人繼續聞著罌粟花香，就會長眠不醒。可是，周圍滿是豔麗罌粟花的桃樂絲從沒聽說過這些，也無法即刻從這濃烈的香氣中抽身。她很快就覺得眼皮越來越重、睡意越來越濃，非得找個地方坐下休息，然後好好睡一覺不可！

但樵夫錫人不讓她這麼做。

「我們還得趁天黑之前回到黃磚路上呢。」他說。稻草人也點頭贊成，於是他們不停地趕路。後來，桃樂絲再也站不穩了。她不由自主地閉上眼睛，也忘記自己身在何方，直接倒在罌粟花團中沉沉睡去。

「我們該怎麼辦？」樵夫錫人問。

「如果我們讓她繼續留在這兒，她必死無疑呀。」獅子說道。「如果我們繼續聞這罌粟花香，我們也必死無疑呢。我的眼皮是快睜不開了啦，而那條狗——他早就睡死嘍。」

這倒是真的，托托已經倒在小主人的身旁呼呼大睡了。至於稻草人和樵夫錫人，這兩位因為並非血肉之軀，所以不受花的毒香所影響。

「跑吧！用你最快的速度跑出這片要命的花海！」稻草人對獅子說。「我和錫人就負責帶小桃樂絲走。快，否則你睡著了，我們誰也抬不動。」

獅子隨即打起精神向前一躍，然後全速狂奔，沒多久便消失在他們眼前。

「我們就用手當椅子扛著她走好了。」稻草人說。他們把托托放在桃樂絲的大腿上，然後以手為椅座、以雙臂為扶手，讓沉睡的桃樂絲坐在他們手中，就這麼扛著她穿過罌粟花田。

他們片刻不停地走，但周圍這一大片致命罌粟花彷彿遼闊得無邊無際。他們順著大河拐了個彎，卻遇上他們的朋友獅子，而他已睡死在罌粟花叢中了。這香氣濃烈到連塊頭精壯的獅子都抵擋不了，眼看再一步就能逃出這片罌粟花床，再一步就能到達美麗的綠色原野，踏上遍地的青青芳草，他卻再也撐不下去了。

「我們幫不了他。」樵夫錫人難過地說。「他太重了，我們根本抬不動。我們只能撇下他，任他在此地長睡。或許在夢裡，他會找到屬於自己的勇氣。」

「真是太遺憾了。」稻草人說。「他雖然膽小，不過仍是個值得信賴的好夥伴。走吧，我們可不能停在這裡。」

他們抬著沉睡的桃樂絲來到河邊。這裡風光明媚，也遠離了那片罌粟花海，聞不到花的毒香。他們輕輕把她放在柔軟的草地上，並在清新微風的吹拂中等著她醒來。

第九章、田鼠女王

「好了，我們差不多回到當初被河水沖走的地方了。」站在小桃樂絲身旁的稻草人說。「黃磚路應該就在附近。」

錫人正準備開口答話，卻聽見一陣低沉的吼叫聲。他轉過頭來——頸關節接合正常，運作良好——便看見一隻奇怪的野獸跳過草皮直奔而來。沒錯，一隻黃色大野貓朝他們跑來了。錫人思忖，這野貓肯定是在追捕什麼，因為他睜著一雙通紅如火球的凶眼，豎起的雙耳向後緊貼，還咧開了大嘴露出兩排陰險的利齒。他接近時，錫人才發現有隻灰色的小田鼠跑在他前頭。即便無心的他也覺得野貓太殘忍：竟然要捕殺如此可愛又無辜的小生命，這像話嗎？

於是錫人舉起了斧頭，趁大野貓跑過身邊時迅速一劈，俐落地斬下這隻怪物的頭顱。大野貓身首異處，屍體滾到錫人的腳邊。

看到敵人被砍成兩半，撿回一條命的田鼠馬上停止奔跑，慢慢走向錫人。田鼠吱吱吱地說：

「啊，謝謝你救了我，真是感激不盡。」

「千萬別這麼說。」錫人答道。「瞧，我身上沒有心，所以我處處留心，盡量幫助那些可能需要他人出手相救的朋友——就算對方不過是隻老鼠。」

「不過是隻老鼠？」小田鼠忿忿不平地喝斥。「哼！我可是位女王——高高在上的田鼠女王呀！」

「哎呀，失敬失敬。」樵夫錫人立刻恭敬地行禮。

「所以說，你救了本女王就是大功一件，也算勇氣可嘉。」女王繼續說道。

此時，好幾隻田鼠拚了老命似的趕來，看到女王的身影就放聲喚道：

「喔喲，陛下！奴才還以為您要遭遇不測了呢！陛下是如何甩掉那隻大野貓的？」他們向這位嬌小的田鼠女王彎身鞠躬，頭都快貼到腳了。

「是這位奇特的錫皮人解決了大野貓。」女王答道。「他救了我一命，因此從今以後，你們也要服侍他，遵從他一切吩咐。」

「奴才遵旨！」眾田鼠才齊聲發出刺耳的喊叫，又突然倉皇地往四面八方竄逃。原來是托托醒了。他看到身邊這麼多田鼠就興奮得汪汪叫，還跳進田鼠堆中追著他們跑——這是他在堪薩斯一向熱衷的遊戲，即使現在身處異地，他也不覺得這遊戲有何不妥。

錫人見狀趕忙抓起托托，也牢牢抱住他，同時對那群田鼠喊道：「回來！快回來呀！托托不會咬人的。」

田鼠女王聽了，才從草叢底下探出頭來，怯生生地問：「你確定他不會咬我們？」

「我保證。」錫人答道。「你們別怕啊。」

田鼠們一個個躡手躡腳地走回來，托托也不再叫了，只是試圖掙脫錫人的雙臂，而要不是他知道這個樵夫全身上下都是錫片，還真會一口咬下呢。後來，一隻塊頭壯碩的田鼠說話了。

「有什麼可以為您效勞的地方嗎？」壯碩的田鼠問。「我們想報答您對女王的救命之恩。」

「我想不到欸，應該沒有吧。」錫人答道，倒是於一旁努力思考，又因為頭裡塞滿稻草而無法縝密思考的稻草人搶著接話：「有！有！你們可以救救我們的朋友，救救膽小的獅子。他倒在罌粟花田裡睡死了。」

「獅子！」嬌小的田鼠女王驚叫一聲。「哎呀，他會把我們全都吃掉的。」

「不，不會的。」稻草人斷然地說。「這頭獅子是個膽小鬼。」

「真的嗎？」田鼠問。

「真的，他自己就是這麼說的。」稻草人回答。「而且他絕對不會傷害我們的朋友。如果你們能幫忙救他，我保證他一定對你們親切又和善。」

「好吧。」女王答道。「我們信任你。你要我們怎麼做？」

「有很多尊妳為女王，願意為妳效力的田鼠嗎？」

「嗯，很多啊，有成千上萬這麼多。」她得意地說。

「那就請陛下傳令，叫他們各自準備一條長長的繩子，然後以最快的速度趕過來。」

田鼠女王遂轉向隨侍的大臣，命他們即刻召集她鼠國上上下下的子民。這群臣鼠接了令，便火速跑開了。

「錫人——」稻草人指揮著。「你快到河邊的樹林砍些木頭，然後做一輛足以承載獅子的推車。」

於是錫人立刻前往樹林伐木造車。他手腳俐落，沒兩下就砍了一堆木材。他再削去那堆木材上的枝枝葉葉，將大樹幹上較短的部分切成四顆輪子，最後用木釘釘攏，一輛推車就完成了。他速度快、技術精，早在田鼠們抵達之前就備好推車，隨時可以出動。

成千上萬的田鼠漫天漫地而來，有壯碩的、短小的，也不乏中等身材的，而且每隻田鼠都銜著一條繩子。這個時候，桃樂絲已經差不多從她長長的深眠中甦醒過來。而她睜開眼睛後，非但發現自己躺在草地上，還看見四周聚集了成千上萬隻正怯怯懦懦地盯著她瞧的田鼠。太令人震驚了！稻草人趕緊告訴她這期間發生的一切，並轉向莊重高貴的田鼠女王，說：

「容我為妳引見——田鼠國的女王陛下。」

桃樂絲正色點頭示意，田鼠女王則對她行了屈膝禮。隨後，女王和小女孩就成了不錯的朋友。

事不宜遲，稻草人與錫人立刻綁起田鼠帶來的繩子：他們將繩子的一頭繫在推車上，另一頭則套在田鼠的脖子上。當然，這推車比在場任何一隻田鼠都要大上千百倍，任誰也無法獨力拉動推車。不過，若是那成千上萬的田鼠都套上韁繩，化身為拉車的馬匹，情況就另當別論了——簡直是輕而易舉，就算稻草人和樵夫錫人都坐上推車也不成問題呀。因此他們坐穩後，這群怪模怪樣的小小馬兒就輕快地拉著車，迅速前往獅子沉睡的地方。

他們費盡九牛二虎之力，才總算把沉重的獅子搬上了車。

田鼠女王隨即命令她的子民啟程；她擔心在罌粟花田逗留太久的話，自己的田鼠們也將倒地不醒。

田鼠們萬眾一心，努力地拖、拚命地拽，這輛載上獅子的推車卻始終紋絲不動。那實在太重了，還得靠稻草人和錫人從後頭使力，情況才有所改善。轉眼之間，推車駛出了罌粟花田，抵達油綠的田野。沉睡中的獅子終於遠離了罌粟花的毒香，呼吸著鮮甜清新的空氣。

桃樂絲上前迎接大家，更由衷感激從死亡毒香中奪回夥伴性命的小田鼠們。她現在非常喜愛這個大塊頭，因此他得以獲救，對她來說可是天大的好消息。

田鼠們被解開韁繩後，便一個個又蹦又跳地穿過草地回家去了。田鼠女王最後才離開。

「需要我們幫忙的話，就到田野間呼喚我們吧。」她說道。「我們一聽見你們的呼喚，就會趕來協助的。再會！」

「再會！」他們異口同聲地說。田鼠女王跑開了，桃樂絲則緊緊抱著托托，免得他追起女王，嚇著了人家。

現在，這群人就坐在獅子身邊等著他醒來。這附近既然有果樹，稻草人便摘了些水果給桃樂絲當正餐吃。

第十章、城門守衛

好一陣子之後，膽小的獅子才總算醒了過來。畢竟他在罌粟花田裡躺太久，吸入了太多致命的罌粟香，所以需要多點時間恢復。不過當他睜開眼睛，還從推車上滾了下來，他就知道自己又活過來了，開心得不得了。

「我拚了命地跑！」說著說著，他就坐在草地上，還打了個呵欠。「但花香真的太濃烈了，我招架不住呀。你們是怎麼救出我的？」

於是他們為他講述田鼠的故事，告訴他慷慨行義的田鼠們助他死裡逃生的經過。膽小的獅子聽完之後哈哈大笑，說：

「一直以來，我都認為自己長得高大精壯、凶惡可怕，沒想到我會敗給花朵這種小東西，還差點兒丟了性命，又讓田鼠這種小動物給救出鬼門關。真是不可思議啊！不過，我的夥伴們，咱們現在又該怎麼辦呢？」

「繼續前進啊。我們得找到那條黃磚路。」桃樂絲說。「只要我們回到黃磚路上，就能到達翡翠城。」

就這樣，中毒的獅子得到充分的調養，恢復了精神後，他們一行人便再度踏上旅途，踩著柔軟的青青綠草愉快地前進。不久後，他們也返回黃磚路，朝偉大奧茲所居住的翡翠城而去。

這一路上黃磚平整，便於行走，風光旖旎，景物悅目，旅人們多麼慶幸自己已遠離那片密林，以及在那片陰森恐怖的黑暗中所遭遇的危險。他們看見道路兩旁又立起了籬笆，不過，籬笆上的是綠漆；走近一間小屋時——看樣子，應該是某位農人的家沒錯——他們發現小屋也漆上了綠。這天下午，他們經過好幾間這樣的房子，有時裡頭的人還會跑到門口盯著他們瞧，好像有什麼問題想問，卻又不願走近他們，開口跟他們說話。原來大家都非常害怕這頭壯碩的獅子。這些人從頭到腳都是一片如翡翠般迷人的綠：衣服是綠色，帽子也是綠色——和萌奇人一樣的尖頂圓帽。

「這兒應該就是奧茲統治的城市了。」桃樂絲說。「翡翠城肯定就在不遠的前方。」

「沒錯。」稻草人答道。「正如藍色是萌奇人最喜愛的顏色，這個地方的一切都是綠色的。不過這邊的人似乎不像萌奇人那樣友善哦？恐怕不會有人願意讓我們借住一晚呢。」

「我還想吃點水果以外的食物呢……」小女孩說。「我看托托都要餓扁了。我們就走到下一戶人家，跟他們談談吧。」

他們來到一間大農舍的門前。接著，桃樂絲鼓起勇氣，走上前去敲敲門。

有位農婦來應門了：她把門拉開一條窄縫，剛好夠她看見這支等在門外的隊伍。婦人說：「有什麼事嗎，孩子？妳怎麼會帶著一頭大獅子呢？」

「方便的話，我們想在妳這兒借住一晚。」桃樂絲答道。「這頭獅子是我的朋友，也是與我同行的夥伴，絕對不會傷害人。」

「他是頭溫馴的獅子嗎？」農婦將門再拉開一點點。

「哦，他很乖巧的。」小女孩保證。「而且他非常膽小。請妳不要害怕——他還比較怕妳呢。」

「是哦……」農婦考慮了一會兒，再偷瞄獅子一眼，便說：「既然如此，各位就進來吧，我會為你們準備吃的和休息的房間。」

於是他們進了屋，而除了這位農婦，屋裡還有兩個小孩和一名男子。男子腿上有傷，只好躺在角落的長椅上。當這一大兩小看見眼前的奇怪隊伍，都感到詫異不已。話說農婦忙著備餐時，男子就問：

「你們這是要去哪兒呀？」

「翡翠城。」桃樂絲回答。「我們要去見偉大的奧茲。」

「哎呀，真的嗎？」男子驚呼。「妳確定奧茲願意接見你們？」

「他會拒絕接見我們嗎？」她反問道。

「這還用問嗎？不是說他從不在別人面前現身的？我去過翡翠城好多遍嘍，那真是一個美麗又奇妙的地方，但偉大的奧茲從不允許我拜見他，我也從沒聽說有人見過他呢。」

「難道他從來不出門？」稻草人問。

「對，他足不出戶，只是日復一日地待在宮中那間富麗堂皇的正殿裡。就是那些伺候他的人，也見不著他的面。」

「他長什麼模樣呢？」小女孩問。

「這可難說了。」男人尋思答道。「妳想哦，奧茲是個偉大的巫師，所以一定能隨心所欲變幻成各種模樣。有人說他像一隻鳥，有人說他是一頭大象，還有人說他長得像貓哩。他可以在其他人面前變成漂亮的仙子、熱心助人的小精靈，只要他高興，他愛變什麼樣就變什麼樣。但奧茲的真面目呢？這世上沒人說得明白。」

「也太玄了吧。」桃樂絲說。「可是我們不能放棄。我們要想辦法見到他，否則這趟旅途就毫無意義了。」

「你們為什麼非要見到這位可怕的奧茲不可呢？」男人問。

「我要請他賜我一副腦袋。」稻草人急切地說。

「哦，這對奧茲來說真是小事一樁。」男人宣稱。「他腦袋很多，多得他根本用不完。」

「我要請他給我一顆心。」樵夫錫人說。

「這也不難辦啊。」男人繼續回答。「因為奧茲收藏了很多心，各種大小、形狀，應有盡有。」

「我要請他給我勇氣。」膽小的獅子說。

「奧茲的正殿裡有一大罐勇氣。」男人說道。「罐子上蓋了一只金盤，這麼一來，裡頭的勇氣就不會溜走了。他會很樂意分一些勇氣給你的。」

「我要請他送我回堪薩斯。」桃樂絲說。

「堪薩斯？那是什麼地方？」男人驚訝地問。

「我也不知道。」桃樂絲一臉憂傷地說。「但堪薩斯是我的家鄉，它一定就在這世上的某個角落。」

「應該吧。哎呀，奧茲他神通廣大、無所不能，必定能為妳找到回堪薩斯的路——前提是他願意接見你們，而這才是一項艱鉅的任務呢，因為偉大的奧茲根本誰也不見呀，特立獨行就是他一貫的作風……你呢，小傢伙？你想要什麼？」他轉而問托托，但托托只是搖搖尾巴。說也奇怪，他竟然不會講話。

接著，飯菜上桌，婦人招呼他們吃飯。他們圍桌而坐，桃樂絲喝了些可口的麥片粥，又吃了一盤炒蛋、一籃彈牙的白麵包。她吃得好高興，不過獅子吞下幾口麥片粥就不願再喝了。他說這粥是用燕麥煮的，而燕麥是給馬吃的，他們獅子可不碰這種玩意兒。稻草人和樵夫錫人什麼也沒吃，托托倒是來者不拒，樣樣都沾上一口。畢竟很久沒吃到像樣的食物了，所以他吃得很開心。

婦人為桃樂絲備妥一張床，托托就睡在她的身邊。獅子守在她的房門口，讓她能睡得安穩，不被打擾。稻草人和樵夫錫人當然不需要睡覺；他們依舊選了個角落站好，安安靜靜度過了整個夜晚。

隔天清晨，太陽才緩緩升起，他們就已經上路了；沒走多久，他們便看見前方的天空映著一道燦爛耀眼的綠光。

「那兒應該就是翡翠城了。」桃樂絲說。

他們越往前走，眼前的綠光就越絢麗奪目，看樣子，他們終於接近這趟旅途的終點了。不過一直到了下午，他們才總算抵達翡翠城的城牆。這巍巍城牆又高又厚，牆面是一片明亮的綠色。

他們就站在黃磚路的盡頭，而一道巨大的城門就立在他們眼前。這門上鑲滿了翡翠，在陽光下綻射著極為璀璨耀眼的光輝——亮得連稻草人那雙靠漆料畫出來的眼睛都快睜不開了呢。

城門邊裝了一道門鈴。桃樂絲上前摁摁鈴，門內立即傳出清亮的鈴聲。大城門緩緩旋開後，他們便走了進去，然後發現自己身在一間高高的拱頂窄室之中。室內每面牆都鑲了上萬顆翡翠，閃耀著美麗的綠光。

他們面前站著一個男人，身形就和萌奇人差不多矮小。他從頭到腳的衣飾都是綠色的，就連皮膚也透著微微的綠色。他身旁擺了一只綠色大箱子。

他看著桃樂絲和她的夥伴，問道：「各位造訪翡翠城，可有什麼願望？」

「我們想見見偉大的奧茲。」桃樂絲說。

桃樂絲的回答讓男人嚇了一大跳。他得先坐下來，好好思考一番。

「我已經好幾年沒聽到這種要求了。晉見奧茲嗎……」他邊說邊困擾地搖搖頭。「奧茲是位法術高強，卻也叫人敬畏的巫師，如果你們只是為了一些雞毛蒜皮的小事或狗屁倒灶的蠢事，就來打擾這位偉大巫師充滿智性的靜修冥想，他可不會高興哦。而要是奧茲發起脾氣來，一瞬間就能毀掉你們。」

「我們才不是為了雞毛蒜皮的小事或狗屁倒灶的蠢事來的呢。」稻草人說。「我們有要事相求啊。而且，我們聽說奧茲是個好巫師。」

「一點也沒錯。」小綠人說。「他還是位明君，而在他的治理之下，咱們的翡翠城可說是國泰民安吶。但對那些心術不正，或只是出於好奇才接近他的人而言，他就是天底下最可怕的巫師了。所以才沒什麼人膽敢要求晉見他呀。話又說回來，既然你們提出了要求，我這個做城門守衛的就不得不領你們到他的王宮去了。不過，出發之前，你們必須戴上眼鏡。」

「為什麼？」桃樂絲問。

「不戴眼鏡的話，你們會讓翡翠城的耀眼光芒給刺瞎的。就是城裡的居民，也必須時時刻刻戴著眼鏡。眼鏡會鎖在各位的頭上——這是奧茲在翡翠城完竣時頒布的命令——而唯一一把開鎖的鑰匙呢，就由我保管。」

城門守衛打開那只大箱子，桃樂絲便看見裡頭裝滿各種大小與形狀的眼鏡。每副眼鏡都嵌著綠色的鏡片。守衛找到一副剛好適合桃樂絲配戴的眼鏡，於是為她架上。鏡架左右各鏈著一條金色的繫帶；城門守衛將這兩條帶子往桃樂絲的腦後收起，再用一把小鑰匙鎖緊。這把鑰匙吊在一條鍊子的末端，而這條鍊子就掛在守衛的脖子上。眼鏡一上鎖，桃樂絲就無法隨意取下了。不過，她也不是不願意戴眼鏡——她當然不想被翡翠城的光芒刺瞎嘍。因此，她就不發表意見了。

小綠人陸續為稻草人、樵夫錫人、獅子，甚至小托托戴上眼鏡，並用那把小鑰匙鎖緊繫帶。

最後，城門守衛戴上自己的眼鏡，並告訴他們一切已準備就緒，可以領他們前往王宮了。他從牆面的木釘上取下一把金色大鑰匙，再用這把大鑰匙打開另一扇門。接下來，他們便隨他通過了入口，走進翡翠城的街道。

第十一章、奧茲的神奇翡翠城

即使戴上了保護眼睛的綠色眼鏡，桃樂絲和朋友們一走進這座神奇的城市，仍然被周圍亮晃晃的光芒照得眼花撩亂。街道兩旁的房子美輪美奐，全都以綠色大理石為建材，處處飾著閃閃發光的翡翠——就連他們腳下的路面也鋪著綠色大理石。一列列鋪排緊密的翡翠連接起城市中的大小街區，在燦爛的陽光下煥發光彩。屋上的窗台嵌著綠玻璃，城市的上空也帶了一抹淺綠，而陽光亦然。

街道上人來人往，這些男女老幼無不穿著綠色的服裝，膚色也偏綠。他們疑惑地打量桃樂絲和她身旁那些不搭調的拍檔，孩子們一看見獅子，就跑到媽媽身後躲了起來。沒有一個當地人開口和他們說話。街道上店肆林立，裡頭每件待售的商品都是綠色的：有各式綠色的鞋帽、服飾，還有綠色的糖果和爆米花。有個男人在賣綠色檸檬水，過來買飲料的孩子們掏出的錢幣也是綠色的。

這裡似乎沒有馬，也不見其他種類的動物。當地人會把貨物放在綠色的小推車裡，就這麼拉著走。在這座翡翠城裡，每個人看起來都幸福滿足，家業有成。

城門守衛領著他們穿過街道，來到一座雄偉的建築物前。這棟建築恰恰位居翡翠城的中心，而它正是偉大巫師奧茲的王宮。王宮大門前站了一位士兵；他身著綠色軍服，蓄著一把長長的綠鬍子。

「這幾位是從外地來的客人。」城門守衛對他說。「他們要求晉見偉大的奧茲。」

「進來吧。」士兵說道。「我會去通報一聲。」

士兵帶他們走過王宮的重重大門，再進入一個寬敞的房間。這室內鋪著綠色地毯，擺著鑲嵌翡翠的綠色華美傢飾。而他們入內就座之前，便已按照士兵的吩咐，在一張綠色的墊子上蹭去腳下的髒泥汙土。他客氣地說：

「請各位隨意一點，不要拘束。我這就去正殿稟告奧茲你們的來訪。」

他們得待在房間裡等。過了好一陣子，這位士兵終於回來了。桃樂絲問：

「你見到奧茲了嗎？」

「沒有啊。」士兵回答。「我從沒見過他啊。我隔著一道屏風向他報告你們的來意。他說，如果你們真的如此渴望見到他，他願意接見你們，但一次只接見一位，而且一天只會面一次。所以說，你們必須在王宮待上好幾天。各位遠道而來，想必也累了吧。我會為大家安排房間，讓你們好好休息。」

「謝謝你。」小女孩感激地說。「奧茲真仁慈。」

士兵吹響一只綠色的哨子，便隨即有個身穿美麗絲質綠袍的少女走了進來。她有一頭柔亮的綠髮、一雙迷人的碧眼，跟桃樂絲說話時，還畢恭畢敬地躬身行禮：「請跟我來，我帶您進房休息。」

桃樂絲一一跟朋友們道聲晚安——除了托托。她抱起托托，跟著綠衣少女穿過七條通道、走了三段樓梯，終於到達宮殿前排的一間房前。這是全世界最溫馨可愛的小房間。房裡有張柔軟舒適的床，床上鋪著一襲綠色絲質被單和天鵝絨床罩。房間的中央有座迷你噴泉；這裝置會濺出一道綠色香水，濺出的香水再滴回精雕細琢的綠色大理石噴泉池中。美麗的綠色花朵在窗邊綻放，書架上也放滿一整排小開本的綠書。桃樂絲一有空就會翻翻這些綠色小讀物。那裡頭盡是一張張莫名其妙的綠色圖片，有趣極了，她看得哈哈大笑。

衣櫥裡吊著好多件綠色洋裝，有絲質的、綢緞製的，也有絨布的，而且件件是桃樂絲的尺寸。

「請您把這兒當作自己的家，千萬不要拘束。」綠衣少女說。「有任何需要的話，就搖這個鈴。奧茲明天早上會派人來接您。」

少女說完便離開桃樂絲和托托的房間，回去將稻草人、樵夫錫人和獅子一一領至專屬的客房。他們和桃樂絲一樣，對自己在這宮殿寄住的房間環境感到非常舒適。當然啦，對稻草人來說，這般款待的確是盡了禮數，卻沒啥用途，畢竟他獨自待在房間裡時，也只是傻乎乎地立在進門處。他既不會躺下休息，又無法閉上眼睛，於是整夜盯著在牆角吐絲結網的小蜘蛛直到天亮，彷彿自己身在陋室之中，而並非什麼了不起的頂級客房。樵夫錫人之所以躺在床上，也只是出於舊習——他記得自己還是個血肉之軀時，就是這麼躺在床上睡覺的。不過現在的他即使躺在床上也睡不著啊，所以他利用整晚的時間活動全身關節，確保各個關節運作正常，狀況良好。至於獅子，比起被框限在密閉的房間裡，他當然更喜歡待在森林之中，睡在用枯葉鋪成的床上。不過，他也懂得隨遇而安的道理，於是跳上了床，再像隻貓般蜷成一團，低沉地喵嗚個一兩聲後就立刻睡熟了。

第二天早晨，桃樂絲用完早餐後，綠衣少女就來接她了，還為她換上衣櫥裡用綠色絲綢裁製而成的漂亮洋裝。桃樂絲再罩上一件綠色的絲質圍裙，並在托托脖子上繫了一條綠色緞帶，就跟著綠衣少女前往正殿晉見奧茲。

她先到了氣派的大廳，遇見許多盛裝打扮的紳士和貴婦。這群人每天早上總會守在正殿的外頭，可是奧茲從不召見他們。他們無事可做，就只好聊天了。桃樂絲進來那會兒，他們一個個都難掩好奇地看著她，還有人悄悄地問：

「妳真的要去見奧茲——那位可怕的巫師嗎？」

「對啊。」小女孩答道。「如果他准許我見他。」

「喔，他會見妳的。」為她通報的士兵說道。「他的確不喜歡聽到有人要求晉見——他本來很生氣，還要我趕妳回去呢。不過後來他問起妳的模樣時，一聽到我說妳穿著銀鞋，他就很感興趣的樣子。我還告訴他妳額頭上印了一塊記號，他便決定接見妳了。」

就在這個時候，鈴聲響了。綠衣少女對桃樂絲說：「那是奧茲召見妳的鈴聲。去吧，妳要一個人進入正殿。」

少女為桃樂絲推開一扇小門。她勇敢地走進去，來到一個又大又圓的房間。房間的牆壁、天花板和地板都貼滿大顆的翡翠；那頂部高高拱起，中心還吊了盞大燈，射出如陽光般明亮的光柱，將大翡翠照得繽紛絢爛。多麼奇妙的房間啊！

房間中央還有張綠色的大理石寶座——這最吸引桃樂絲。寶座的形狀就像把椅子，也和房裡其他物品一樣閃耀著寶石的光輝。椅座的正中央立了一顆好大好大的頭，簡直比大巨人的頭還大上好幾倍。這頭沒有身體支撐，也沒有四肢；頭上沒長頭髮，只有眼睛、鼻子和嘴巴。

桃樂絲望著這顆大頭，感到既驚喜又害怕。接著，大頭緩緩移動了視線，還用銳利的目光死盯著她瞧。大頭的嘴動了動，桃樂絲就聽見一個聲音說：

「我是既偉大又可怕的奧茲。妳是誰？為何前來見我？」

大頭發出的聲音並不如她想像中嚇人，於是她鼓起勇氣答道：

「我是既渺小又溫和的桃樂絲。我來尋求您的幫助。」

那雙眼睛若有所思地看著她，足足看了一分鐘之久。那聲音又說：

「妳那雙銀鞋是怎麼來的？」

「從東方壞女巫的腳上摘下來的。那個時候，我家房子掉下來壓死了她。」她說。

「額頭上的印記呢？那是怎麼來的？」聲音繼續問道。

「北方好女巫跟我道別時親了我的額頭，就留下這塊印記了。她要我到翡翠城找您。」小女孩回答。

那雙眼再度以銳利的眼神注視桃樂絲，看出她說的是實話。奧茲又問：「妳要我怎麼做？」

「請您送我回堪薩斯，讓我回到艾姆嬸嬸和亨利叔叔的身邊。」她懇切地請求著。「您的翡翠城是如此美麗，但我還是不想待在這裡，因為我太想家了。而且我失蹤這麼久，艾姆嬸嬸一定非常擔心。」

大頭的眼睛連眨三下，然後瞧瞧上方的天花板，再看向地面，接著又骨碌碌地轉呀轉，彷彿要看盡房裡每一處角落。許久之後，那雙眼才擺回桃樂絲身上。

「我為什麼要幫妳？」奧茲問。

「因為您很厲害啊，您是偉大的巫師！而我只是個柔弱、無助的小女孩。」

「妳也很厲害吧。妳都殺死東方壞女巫了。」奧茲說。

「那是湊巧發生的。」桃樂絲簡言以對。「不是我能控制的啊。」

「那麼——」大頭說。「我就明白告訴妳：假如妳不為我做點事，就沒理由指望我送妳回堪薩斯。在這個國家，人人都得為自己擁有的一切付出代價。妳既然要我施法送妳回家，就必須先為我效勞。妳替我辦事，我就幫妳實現願望。」

「那我得替您辦什麼事呢？」小女孩問。

「除掉西方壞女巫。」奧茲回答。

「我辦不到呀！」桃樂絲大驚失色，不禁叫了出來。

「妳不是已經除掉東方壞女巫，還穿著她那雙具有強大法力的銀鞋嗎？這一大片土地就只剩下一個壞女巫；妳什麼時候向我稟告她的死訊，我就什麼時候送妳回堪薩斯。所以事成之前，我們沒什麼好談的。」

小女孩忍不住哭了起來，她是多麼失望啊。那雙眼又眨了一下，然後焦急地看著她；偉大的奧茲似乎認為只要桃樂絲願意為他除掉壞女巫，她就能做到。

「我從不願意去殺害什麼……」她哭哭啼啼地說。「更何況，就算我有心除掉西方壞女巫，也沒那個能耐呀。如果連您這麼偉大又可怕的巫師都殺不了她，我又怎麼辦得到呢？」

「這我不管。」大頭說。「總之，我要說的都說完了。只要壞女巫不死，妳就再也見不到自己的叔叔嬸嬸。記住，她是個作惡多端、罪該萬死的壞女巫。好了，妳退下吧。完成任務之前，不得再要求見我。」

桃樂絲愁眉苦臉地離開了正殿，回到獅子、稻草人和樵夫錫人聚集的房間。他們正等著聽她講述晉見奧茲的情形。「我別想回家了。」她好傷心。「除非我殺死西方壞女巫，奧茲才肯送我回去。可我根本不是壞女巫的對手呀。」

這群朋友都為她感到難過，卻也無能為力，她只好回到自己的房間，倒在床上放聲哭泣，哭著哭著也就睡著了。

第三天早晨，那位綠鬍子士兵來找稻草人。他說：

「奧茲召見你，請跟我來。」

於是稻草人跟著士兵走到大廳，隨後也獲准進入富麗堂皇的正殿。只見翡翠寶座上坐著一位婀娜娉婷的女子。她身上一襲綠色絲質薄紗袍，頭戴寶石王冠，綹綹柔順的綠髮垂落而下。她的兩肩長出雙翅，而翅膀的色彩絢麗、質地輕巧，就是最微弱的一絲輕風拂過，也能吹得它們來回拍動。

雖然身體塞滿一束束直挺挺的稻草，稻草人還是盡最大的努力，向這位可人的女子行了優美的鞠躬禮。她溫柔而甜美地看著稻草人，並說：

「我是既偉大又可怕的奧茲。你是誰？為何前來見我？」

稻草人聽到這位女子自稱奧茲，嚇了好大一跳。他本以為會見到桃樂絲所說的大頭奧茲呢。不過，他依舊勇敢地答道：

「我只是個微不足道的稻草人，用稻草塞出來的稻草人。我有頭沒有腦，所以來到翡翠城，懇求您把腦袋裝進我的頭裡。這麼一來，我就跟您領地上的每位子民一樣了。」

「我為什麼要幫你？」女子問。

「因為您有智慧，又有高強的法力，而且除了您，誰也幫不了我。」稻草人答道。

「天下可沒有白吃的午餐。」奧茲說。「不過我願意做出這樣的承諾：如果你為我除掉西方壞女巫，就會得到一副聰明絕頂的腦袋，成為整片奧茲大地最有智慧的人。」

「您不是已經要桃樂絲去殺死壞女巫了嗎？」稻草人驚訝地問。

「沒錯，不過壞女巫最後究竟死在誰的手裡，我一點也不在乎。但是只有她死了，我才會實現你的願望。退下吧，在你擁有籌碼，足以讓你換取夢寐以求的腦袋之前，不得再要求見我。」

稻草人憂愁地回到朋友們身邊，向他們轉述奧茲的話。桃樂絲很訝異這位偉大的巫師竟然是一位美麗的女子，而不是她先前見到的大頭。

「沒差啦。」稻草人說。「我看她根本沒有心，就跟樵夫錫人一樣。」

第四天早晨，那位綠鬍子士兵來找樵夫錫人。他說：

「奧茲召見你，請跟我來。」

於是樵夫錫人跟著他走，隨後也進入了正殿。他不曉得接下來會看到哪種模樣的奧茲——是美麗的女子呢？還是一顆大頭？「如果出現的是那位美麗女子就好嘍。」他暗忖。「要是奧茲以大頭的姿態現身，那我十之八九是得不到心了。畢竟頭本身就沒有心，自然無法體會我的處境。但如果出現的是那位美麗的女子——聽說全天下的女人都擁有一顆善良、富有同情的心啊——我就拚命哀求她，請她實現我的願望。」

然而，出現在錫人面前的既非大頭，也不是那位美女。奧茲化身為一頭極其駭人的野獸。他的體積可比大象，壓得綠色寶座快要承受不住他的重量了。這野獸的頭像犀牛，臉上卻有五隻眼睛；他從軀幹伸出五條長長的手臂和五隻細細的長腿，濃密的體毛有如羊毛覆蓋著每一寸肌膚——實在無法想像還有什麼怪物長得比他更可怕了。幸好在這當下，樵夫錫人還沒有心，畢竟要是他有心，一定會害怕得心跳加速、怦怦作響。不過一身錫片的樵夫無怖無懼，只是大失所望。

「我是既偉大又可怕的奧茲。」這頭野獸近似狂吼地說。「你是誰？為何前來見我？」

「我是樵夫，也是用錫片打製出來的錫人，所以我沒有心，也就無法去愛。懇求您賜給我一顆心，讓我成為平凡的人類。」

「我為什麼要幫你？」野獸問。

「因為我要你幫我啊，也只有你能幫我了。」錫人答道。

奧茲用他低沉的聲音咆哮回去，然後啞著嗓子說：

「如果你真的那麼想得到一顆心，就得用賺的。」

「要怎麼賺？」樵夫錫人問。

「幫助桃樂絲除掉西方壞女巫。」野獸答道。「等你們殺死了壞女巫，再來找我。到時候，你會賺得一顆全奧茲大地最巨碩、最仁慈，也最深情的心。」

經奧茲這麼一說，樵夫錫人也不得不回到朋友們那兒了。鬱鬱寡歡的錫人為大家描述那頭恐怖的野獸，而他們都對這位偉大巫師千變萬化的化身術感到不可思議。接著，獅子說：

「如果他在接見我的時候化身為一頭野獸，我就用最強勁的獅吼嚇唬他，叫他怕得答應我全部的要求。他變成那位美麗女子的話，我就作勢要撲到她身上，強迫她服從我的命令。如果出現的是那顆大頭，那他就只能任我擺布啦：我會讓他在整個房間裡滾來滾去，直到他承諾一定會實現我們的願望為止。所以啊，朋友們，打起精神來！我們會如願以償的。」

第五天早晨，那位綠鬍子士兵便領著獅子走向雄偉壯觀的正殿，並吩咐他進房晉見奧茲。

獅子隨即進門。他掃視四周，卻愕然發現寶座的前方有一團火球。火球燒著熊熊的烈焰，還放出刺眼的火光，亮得獅子幾乎無法直視。獅子在想：該不會奧茲不小心著火，結果就燒成一團火球了吧？他才想靠近看個仔細，就被熾熱的火苗燒得鬍鬚都焦掉了，也嚇得趕緊退後，戰戰兢兢地縮在門邊。

接著，火球用低沉而溫煦的聲音說道：

「我是既偉大又可怕的奧茲。你是誰？為何前來見我？」

於是獅子答道：「我是膽小的獅子，什麼都怕的獅子。我來請求您賜給我勇氣，好讓我能成為名副其實的萬獸之王。」

「我為什麼要幫你？」奧茲問。

「因為您是最偉大、法力最高強的巫師啊。只有您能實現我的願望。」獅子回答。

火球聽完便揚起猛烈的火舌。頃刻之後，又說：

「如果你能證明壞女巫已死，我就馬上賜給你勇氣。也就是說，只要壞女巫還活著，你便得不到勇氣，只能當一隻膽小的獅子。」

這話真不中聽——獅子好生氣，卻又無話可說，只好默默怒視著火球。不料火球越燒越旺，熱度也越來越高，逼得獅子不得不掉頭就跑，直到看見那群正等著他回來的朋友，他才終於鬆了一口氣，向他們道出與巫師會面的可怕經過。

「唉，我們該怎麼辦才好？」小女孩沮喪地問。

「我們別無選擇啦。」獅子答道。「我們只能前往溫基人的國度，然後找到西方壞女巫，把她給殺了。」

「但，如果我們辦不到呢？」小女孩問。

「那我就永遠得不到勇氣了。」獅子說。

「我也不會有腦袋了。」稻草人說。

「我就得不到心了。」樵夫錫人說。

「我永遠、永遠也見不到艾姆嬸嬸和亨利叔叔……」桃樂絲說完悲從中來，不禁潸然淚下。

「小心！」綠衣少女一嗅。「妳身上那件綠色洋裝一沾到眼淚，就洗不乾淨了。」

於是桃樂絲擦乾眼淚，說道：「我看我們也只能硬著頭皮去做了。但我絕對不願意殺害任何人啊——即便是為了再見到艾姆嬸嬸。」

「我跟妳去！」獅子說。「雖然我只是個膽小鬼，根本沒膽除掉壞女巫。」

「我也去！」稻草人說。「儘管我又蠢又傻，幫不了妳什麼忙。」

「我沒有一顆會去傷害別人的心，就算對方是個壞女巫。」樵夫錫人說道。「但如果妳要去溫基國，我當然奉陪到底！」

就這樣，桃樂絲與朋友們決定明早踏上討伐西方壞女巫的旅途。接下來，錫人就在綠色磨刀石上磨鋒那把斧頭，也替全身關節上了油。稻草人為自己填上新的稻草，還請桃樂絲幫他補好眼睛的漆，讓他能看得更清楚。而那位始終親切接待他們的綠衣少女，則在桃樂絲的籃子裡裝滿美味的食物，並用綠絲帶在托托的脖子上繫了一枚小巧的鈴鐺。

當天晚上，他們早早就寢、沉沉入睡，直到破曉時分，聽到養在王宮後院的綠公雞扯嗓長啼，以及一隻剛下了顆綠雞蛋的母雞咯咯的叫聲後，他們才起床。

第十二章、尋找壞女巫

在綠鬍子士兵的帶領下，桃樂絲一行人再度穿過翡翠城的街道，回到城門守衛的房間。守衛解開他們的眼鏡，並將一副副眼鏡收回那只大箱子裡，再客客氣氣地為他們開啟城門。

「我們該走哪條路才到得了西方壞女巫那兒？」桃樂絲問。

「恐怕沒有這麼一條路呢。」城門守衛答道。「畢竟從沒有人願意出發征討西方壞女巫啊。」

「那我們要怎麼找到她？」小女孩詢問。

「很簡單。」守衛說。「她一發現你們走進溫基人的國度，就會主動來找你們，把你們變成她的奴隸。」

「應該沒那麼簡單。」稻草人說。「我們可是去消滅她的呀。」

「哦，這是兩碼子事嘛。」城門守衛說。「一直都沒有人能夠除掉西方壞女巫，所以我當然就推論你們會被她抓走，然後淪為她的奴隸，一如她對其他人那樣嘍。千萬別大意哦，這個壞女巫既邪惡又殘暴，是不會讓你們輕易得手的，你們可能殺不死她。朝西邊去吧；跟著落日走，你們絕對會找到她的。」

他們向城門守衛致謝道別，接著便踏上開滿雛菊和毛茛的柔軟青草地，動身西行。桃樂絲身上仍是她在王宮時穿的華麗絲綢洋裝，然而出了翡翠城，洋裝的顏色竟然由綠轉白，就連托托脖子上的緞帶也褪去原本的綠色，變得與桃樂絲的洋裝一樣潔白。

他們越往前走，便離身後的翡翠城越遠，路面也開始顯得高高低低，崎嶇難行。原來這個西之國沒有農田與房舍，土地也未經開墾。

也沒有樹木可為他們遮蔭。所以到了下午，熱燙燙的陽光就直接打在他們的臉上，讓桃樂絲、托托和獅子走得格外辛苦。天色還沒黑，他們三個就已經疲憊不堪，倒在草地上呼呼大睡了。樵夫錫人和稻草人便守在一旁，留意突發狀況。

這個西方壞女巫是個獨眼女巫，但她僅有的那隻眼卻具備望遠鏡般的視力，能將所有事物盡收眼底。因此，當她坐在城堡的門口放眼望去，便正好瞧見躺在草地上睡覺的桃樂絲和她身邊的朋友們。她勃然大怒：儘管這些人距離城堡還很遙遠，但他們膽敢闖入她的地盤！氣急敗壞的西方壞女巫拾起掛在脖子上的銀哨子，奮力一吹。

只見一批目露凶光、滿口尖牙的長腿大野狼自四面八方奔來。

「去！」壞女巫下令。「找到那些人，然後把他們一個個撕成肉屑。」

「妳不打算奴役他們？」狼群的首領問道。

「對。」她回答。「他們一個是錫打出來的，一個是稻草塞成的，再不然就是小女孩和獅子，全都不是幹苦力的料。他們是你的了，將他們碎屍萬段吧。」

「很好。」這匹狼說完，便領著身後的狼群全速狂奔而去。

所幸有稻草人和錫人留守；始終保持清醒的他們聽到了狼群來襲的動靜。

「交給我吧。」錫人說。「躲到我身後，我來鬥一鬥他們。」

錫人一把握起磨得無比鋒利的斧頭，看準狼群首領衝過來的時機揮動手臂，這就砍落了對方的狼頭，叫他一擊斃命。樵夫再舉起斧頭時，又有一匹狼奔來，接著也同樣死在他這把利器的鋒刃之下。狼共有四十四，而樵夫錫人一次斬一隻，當他砍完第四十下，這些身首分離的屍體也在他面前堆成了一座小丘。

然後他放下斧頭，走到稻草人的身邊坐下。稻草人對他說：「朋友，這一仗打得漂亮。」

天亮之前，他倆就這麼待著。到了早晨，桃樂絲一睜開雙眼，就看見那座毛蓬蓬的惡狼小丘——她嚇得臉都白了。樵夫錫人告訴她夜裡狼群來襲的經過後，她才安下心來，並感謝他出手保護大家。接著，她便坐下來吃早餐。待桃樂絲飽餐一頓，大夥兒就再度踏上旅途。

而就在這同一早晨，壞女巫又來到她城堡的大門前，張著她那隻一目千里的獨眼觀望。她發現狼群已經變成一堆屍體，那幾個亂闖進來的外地人卻還在她的國度裡大搖大擺地走著。她比昨天更憤怒，於是抓起銀哨子連吹兩聲。

只見一大群野烏鴉漫天飛來；其數量之驚人，都把天空染成漆黑一片了。

壞女巫隨即命令烏鴉大王：「去找那幾個外地人，然後啄下他們的眼珠，把他們撕個粉碎。給我飛！」

就這樣，這一團烏鴉大軍朝著桃樂絲和她的夥伴們飛來了。小桃樂絲看了嚇得直發抖。

稻草人則說：「換我上場了。快躺在我身邊，這樣烏鴉就傷不了你們。」

他們趕緊躺下來，只有稻草人張開了雙臂，直挺挺地站著。烏鴉軍團見到他們一向畏懼的稻草人都嚇得驚慌失措，不敢飛近，但是烏鴉大王說：

「那不過是一團草包！看我啄出他的眼珠來！」

烏鴉大王衝向稻草人，卻反被稻草人擒住了頭。稻草人抓著烏鴉大王的脖子使勁一扭，他老大就一命嗚呼了。緊接著又飛來一隻烏鴉，也讓稻草人扭斷了脖子。烏鴉一隻一隻上，稻草人就一個一個扭，最後，這四十隻烏鴉全軍覆沒，屍體落在稻草人的腳邊。稻草人這才招呼夥伴們起身，繼續向西前行。

壞女巫再一次觀望時，看到自己派出的烏鴉軍團又化作成堆的屍體，氣得火冒三丈。她馬上拿起銀哨子連吹三聲。

一陣嘈雜的嗡嗡聲頓時從天邊傳來。接著，一群黑蜜蜂出現了。

「去找那些外地人，然後把他們全都螫死！」壞女巫命令道。因此，黑蜜蜂一個轉身，快速飛向正在行走的桃樂絲等人。不過樵夫錫人早就發現了蜜蜂的身影，而稻草人也已經有了應對的法子。

「把我的稻草抽出來，鋪在小桃樂絲、托托和獅子的身上。」他對錫人說。「這麼一來，蜜蜂就螫不到他們了。」於是桃樂絲抱著托托，緊靠著獅子平躺在地，錫人再依照稻草人的吩咐，將取出的稻草覆蓋在他們的身上。

黑蜜蜂一擁而上，卻發現只剩樵夫可螫，便徑直飛向他——然後就撞上樵夫身上的錫片，自己倒把刺給撞斷了。樵夫錫人毫髮無傷，不過斷了刺的黑蜜蜂可就活不了啦。那是黑蜜蜂的末日：他們紛紛散落在錫人的四周，還疊成厚厚的屍堆，看起來就像上等的黑煤。

桃樂絲和獅子陸續起身，小女孩也協助錫人把地上的稻草塞回稻草人的身體裡，讓他恢復原形。隨後，他們又再度啟程，趕往溫基國。

當壞女巫看見蜜蜂那有如上等黑煤的屍堆，整個人氣得咬牙切齒。她叫來十二個奴隸，再派給他們銳利的長矛，命令他們前去消滅這群外地人。

這些奴隸都是溫基人，而溫基並非驍勇善戰的民族，但又不得不遵從壞女巫的差遣，只好列隊出發殺敵去了。他們找到那幾個外地人，剛打算靠近時，獅子卻狂嘯一聲，縱身撲上前去。可憐的溫基人嚇得拔腿就跑。

等到他們終於衝回城堡，又被壞女巫用拿皮帶狠狠抽打一頓，然後才被放回去繼續幹他們的苦工。壞女巫坐了下來，好好思考下一步該怎麼走。她實在想不通為何三番兩次用計，還是無法消滅這些外地人。不過，她終究是個法力高強、心地邪惡的女巫，很快便打好了主意，並決定付諸實行。

原來壞女巫的櫥櫃裡有一頂金帽子。金帽子外圍有條由鑽石和紅寶石串成的鏈子，會繞著金帽子旋轉。金帽子有種魔法：誰是這金帽子的主人，誰就擁有三次召喚飛天猴，對他們發號施令的機會。三次，這就是差遣那群奇特動物的最高次數，而壞女巫已經使用過兩次金帽子的魔法了——第一次是把溫基人變成她的奴隸，讓她當上溫基國的統治者。飛天猴替她辦到了。與偉大的奧茲作戰時，她第二次借用金帽子的力量將他逐出西之國，而飛天猴也助她實現了這個願望。因此，她只剩下一次使用金帽子的機會，也因此，非到山窮水盡，她絕不願意動用這最後的法寶。不過如今，她派出的暴戾狼群、野烏鴉和螫人蜂全都敗北，還成了一堆死屍，再加上她那些奴隸也讓那頭膽小的獅子給嚇退，她確實已經走投無路了。若要消滅桃樂絲一行人，就非得用上金帽子不可。

於是壞女巫端出櫥櫃裡的金帽子，把它安置在頭上，然後抬起右腳，慢慢唸出魔咒：

「艾普，拍普，卡克！」

接著，她放下右腳，抬起左腳：

「西囉，猴囉，哈囉！」

她再放下左腳，雙腳立定後大聲唸道：

「滋滋，族滋，滋克！」

魔咒喚醒了金帽子，也啟動了魔法。天地變得昏暗，遠方還傳來一道低沉的轟隆巨響。啪啪的振翅聲與嘰嘰嘎嘎的談笑聲瞬間逼近，此時天色才終於轉亮。只見一群長著巨碩而強壯翅膀的猴子停在半空中，將壞女巫團團圍住。

有隻塊頭比其他更大、更精壯的猴子飛向女巫；看樣子，他就是飛天猴的頭目了。他說：「這是妳第三次，也是最後一次召喚我們。妳的命令是什麼？」

「有外地人闖入我的地盤。去殺光他們，只留獅子一個活口。」壞女巫說。「把那頭野獸帶過來，我要他跟匹馬一樣為我拉車，替我幹活。」

「遵命。」頭目說。接著，這一大群飛天猴又發出喧天的振翅聲和談笑聲，飛向正在趕路的桃樂絲和她的朋友們。

幾隻飛天猴衝下去捉住錫人，再揪著他飛回天上，直到看見布滿尖利岩塊的地面才鬆手，讓錫人從高空中掉了下去。可憐的錫人這邊凹一塊、那邊凸一塊，摔得幾乎不成人形。他無法動彈，也叫不出聲音。

另幾隻飛天猴抓走了稻草人，並用他們長長的手指扯出稻草人衣服和頭裡的根根稻草，再將他的帽子靴子和衣褲全都捆成一團小包，扔到一棵高高的樹頂。

其餘的飛天猴則用好幾條粗繩套住獅子，也不忘在他的頭、腿和身體多繞幾圈，叫他口不能咬、爪不能劃。被緊緊束縛的獅子想掙扎也動不了啦。接著，他們抬起獅子飛回壞女巫的城堡，再把他關進一座窄小的庭院。庭院四周架著高高的鐵欄杆，這下子，膽小的獅子就成了甕中之鱉了。

桃樂絲抱著托托站在一旁，邊看著夥伴慘遭危厄，邊想著自己也快完蛋了。但這群飛天猴卻不敢動她一根寒毛。當飛天猴的頭目飛了過來，還對她張開毛茸茸的長臂，露出恐怖而猙獰的醜陋笑臉，就看見她額頭上那塊好女巫親吻後留下的印記。他立刻停下，並指示其他飛天猴不得輕舉妄動。

「這個小女孩碰不得。」頭目對他的猴群說道。「有正義的力量保護著她，而邪不勝正呀。我們只能把她帶回壞女巫的城堡，讓她留在那裡。」

於是眾飛天猴輕手輕腳、小心翼翼地托起桃樂絲，再火速飛回城堡，將她安放在城堡正門的台階上。頭目對壞女巫說：

「我們已經盡力執行妳的命令了。樵夫錫人和稻草人已遭滅口，獅子如今就被拴在妳的庭院裡，但我們不敢傷害這個小女孩和她懷裡的狗。另外，妳已不再擁有掌御我們飛天猴的力量，我們不會再為妳現身。」

頭目語畢，飛天猴大軍又發出吵鬧的說笑聲振翅高飛，不一會兒便消失在壞女巫的眼前。

壞女巫驚訝地看著桃樂絲額頭上的印記，也不免擔憂了起來，因為不只是飛天猴，就是她自己也不敢出手傷害這個小女孩。她一低頭，又瞧見桃樂絲雙腳上的銀鞋，不覺嚇得發抖——這可是具有強大法力的鞋呀。壞女巫原本打算開溜了，卻碰巧從桃樂絲的眼睛深處瞧見她單純無邪的靈魂，遂猜想這個小丫頭應該還不知道那尖頭銀鞋能賦予她多大的神力。於是壞女巫竊笑著盤算：「既然她不懂魔法，我大可把她拐過來，讓她變成我的奴隸。」接下來，她就惡狠狠地對桃樂絲說：

「給我過來。我交代下去的每一件事，妳都要給我用心記牢、細心辦妥，否則就殺了妳，叫妳和樵夫錫人、稻草人一樣不得好死。」

桃樂絲跟著壞女巫穿過城堡內許多漂亮的房間，最後來到了廚房。壞女巫命令她清洗鍋壺，要她掃地，也要她不時添柴生火。

桃樂絲很慶幸壞女巫願意放她一條生路，所以溫順地服從命令，努力地幹活。

這邊解決了桃樂絲，壞女巫就想，也該去庭院馴服那頭膽小的獅子了。一想到日後能隨心所欲地使喚他——想去哪裡，獅子就得將她的車拉到哪裡——她相信，到時候自己肯定會笑得合不攏嘴呢。然而她才打開庭院的門，獅子就大吼一聲，接著又猛地跳向她，把她嚇得趕緊跑出庭院，用力摔上門。

「就算我馴服不了你——」壞女巫隔著門上的鐵槓，對獅子吆喝道。「我還能餓死你。等你甘願服從我的命令了，才有東西可吃！」

自那時起，她就不再派人送食物給這頭受困的獅子。倒是每到中午，她便會親自來到庭院，隔著門問：「甘願了沒？準備當一匹被我駕馭的馬了沒？」

而獅子總是回答：「沒！妳敢進來庭院的話，我就一口咬死妳。」

因為獅子根本不需要屈從壞女巫——每天晚上，那壞女巫就寢後，桃樂絲就會端出櫥櫃裡的食物前來探視獅子。獅子吃完了就臥在用稻草鋪成的床上，桃樂絲則枕著他柔軟蓬鬆的鬃毛躺在他身邊。然後，他們會一邊討論眼下的困境，一邊商量逃出的計策。但儘管他們想破了頭，還是想不到能成功逃出去的法子，畢竟城堡外有黃色的溫基人不分晝夜地守著呀。身為壞女巫的奴隸，溫基人怕她都來不及了，根本不敢違抗她的命令。

到了白天，小桃樂絲就得拚命工作，因為壞女巫總握著一把老舊的雨傘，而她也常常放話要用這把傘揍桃樂絲。但壞女巫其實是不敢動手打人的，那孩子的額頭上可是印了好女巫留下的記號呢。無奈桃樂絲並不知情，只是成天為自己和托托擔心受怕。有回壞女巫就用這把舊傘打了托托一下，而這條勇敢的小狗馬上衝過去咬住她的小腿。但是，那道傷口並沒有流血——壞女巫太過邪惡，所以早在好多年以前，她的血就乾掉了。

桃樂絲漸漸覺得回到堪薩斯和她艾姆嬸嬸相聚幾乎是遙不可及的夢想了。而一想到這，日子就變得好難熬。有時她會悲傷地痛哭，一哭就是好幾個鐘頭；此時的小托托就窩在她腳邊，抬頭看著她滿是淚痕的臉龐，然後嗚嗚地哀叫，彷彿在為小主人抱屈。對托托來說，回到堪薩斯或是留在奧茲大地都無所謂——只要能待在桃樂絲的身邊，怎樣都無所謂呀。但他感覺得到小主人的悲傷，所以他也悲傷了起來。

而壞女巫則越來越渴望得到桃樂絲一直穿在腳上的尖頭銀鞋。那些螫人蜂、野烏鴉和大野狼已化作成堆的屍骨而逐漸風乾，她也已經用盡金帽子的魔力了，所以她左思右想，一心要把銀鞋據為己有，畢竟這麼一來，她便能得到高強而非凡的法力。因此，壞女巫仔細觀察著桃樂絲，打算趁她脫掉鞋子時把鞋給摸走。沒想到這孩子非常喜歡這雙漂亮的銀鞋，只有晚上睡覺和洗澡的時候才會脫下。但是壞女巫非常怕黑，不敢在夜裡溜進桃樂絲的房間偷鞋。而比起黑，她更懼怕水，所以桃樂絲洗澡的時候，她是絕對不願意靠近的。這壞心的老巫婆真的一滴水都沒碰過，也從不讓水接觸到身體。

當然，這老巫婆也是個狡猾的傢伙，所以最終還是想出了能夠得到銀鞋的詭計。她在廚房中間的地板上擺了一支鐵棒，再施法將鐵棒隱形。看不見鐵棒的桃樂絲走過那處地板時，自然就被絆倒了，而且整個人摔在地上。她這一摔，人是沒什麼大礙，但一隻腳上的銀鞋掉了下來。桃樂絲才要伸手撿鞋，鞋卻讓壞女巫搶先奪了去，套在她那乾巴巴的腳上。

這歹毒的女人高興得要命，詭計奏效啦！再說，有了這只鞋，她就得到整雙銀鞋一半的法力。就算桃樂絲曉得銀鞋的魔法和使用方式，也無法用剩下的那一只與她抗衡。

看見自己漂亮的銀鞋被搶走了一只，小桃樂絲生氣了。她對壞女巫說：「把我的鞋子還給我！」

「我偏不還。」壞女巫回嘴。「這已經是我的鞋子啦，不是妳的。」

「妳這個壞蛋！」桃樂絲吼道。「妳不可以拿走我的鞋！」

「我照拿不誤，哈！」壞女巫得意地笑著。「總有一天，我也會把妳另一只銀鞋弄到手。」

桃樂絲聽了氣得不能自已。她提起腳邊的一桶水往壞女巫身上潑，將她從頭到腳淋成了落湯雞。

這邪惡的老巫婆立刻發出一聲恐怖的淒叫。桃樂絲驚訝地看著她，因為她開始縮小，而且漸漸消失。

「看妳幹了什麼好事！」壞女巫尖叫著。「我隨時會溶化掉呀！」

「噢，我真的非常、非常抱歉……」看著眼前的壞女巫正像紅糖一般溶在水裡，桃樂絲驚恐得不知所措。

「妳難道不知道我一碰水就會死嗎？」壞女巫絕望得嚎啕大哭。

「我當然不知道。」桃樂絲回答。「我怎麼會知道這種事情呢？」

「唉，再過不久，我就會完全溶化掉，到時候這座城堡就是妳的了。我一向殘暴邪惡，但我怎麼也沒料到會栽在妳這個小丫頭的手裡。妳毀了我，我的惡行也到此為止了。看吶——我要消失了！」

壞女巫說完這最後的遺言，就化成一灘褐色的稠狀物，開始在廚房乾淨的地板上漫開。桃樂絲等壞女巫完全溶解後，又打了一桶水沖洗這一地的髒汙，再把汙水掃出門外。她撿起那只銀鞋——除了這只鞋，西方壞女巫死後什麼也沒留下——用布擦乾淨，並將它穿回腳上。然後，終於重獲自由的桃樂絲跑到庭院，告訴獅子壞女巫已經死了，他們再也不是這個陌生之境的階下囚了。

第十三章、救援行動

一聽到壞女巫先是被潑了一桶水，然後溶化得無影無蹤，膽小的獅子開心得不得了。桃樂絲隨即打開門，讓獅子脫離這圍滿欄杆的鐵籠。獅子自由了，不過他們仍舊走進了城堡，因為桃樂絲打算召集全國的溫基人，讓他們知道自己再也不是奴隸了。

這群黃色溫基人欣喜若狂。這些年來，他們受盡壞女巫的殘酷暴行，被迫當奴隸、幹苦役，如今終於自由啦。舉國歡騰的溫基人決定把這一天定為節日；決定了之後，他們就開始擺桌設宴，還跳起舞來。而未來每一年的今天，他們都要像此時此刻一樣開心地吃喝、快樂地跳舞。

「如果我們的朋友稻草人和樵夫錫人也在……」獅子苦悶地說。「我應該會更高興吧。」

「我們真的救不了他們嗎？」小女孩心急如焚地問。

「我們可以試試。」

因此，他們聚集溫基人，並詢問他們是否願意幫忙救出他們的朋友。溫基人則說，如果能為桃樂絲，這位將他們從奴役之苦解救出來的小女孩盡心盡力，那是他們的榮幸。於是桃樂絲挑選了好些似乎充滿智慧，又熟諳世事的溫基人，然後一行人就浩浩蕩蕩出發了。他們走了一整天，第二天才到達那片布滿岩石的曠野，而渾身被撞得歪七扭八、破破爛爛的錫人就倒在那兒。他的斧頭就在身邊，不過原本鋒利的斧刃已經生鏽，斧柄也斷了一截。

一看見這位老朋友的慘狀，桃樂絲難過得哭了，獅子則一臉嚴肅，也覺得錫人好慘好可憐。溫基人輕輕扶起錫人，將他扛回黃色城堡裡。接著，桃樂絲問：

「你們溫基國有錫匠嗎？」

「唔，有啊，而且我們不只有錫匠，還有技術一流的錫匠哩。」他們說道。

「快請他們過來一趟。」桃樂絲說。過了一會兒，錫匠們便提著裝上所有工具的籃子趕來了。桃樂絲再問：「你們能不能將錫人身上那些凹陷的地方整平，幫他扳回原來的模樣，也把他那些破損的錫片焊起來？」

錫匠們細心檢查錫人全身的傷處，然後回答應該有辦法將錫人修補好，讓他完好如初。於是，他們開始移往城堡的一間黃色大房，進行這項修復的工程。錫匠們朝錫人的腿部、身體和頭部又敲又扭、又錘又扳，哪裡該焊接就焊接、該拋光就拋光，一連忙了三天四夜，才總算將他整回原本的樣子，讓他的關節又能流暢地動作。當然，錫人身上免不了多出好幾塊補釘，但這群錫匠已經盡了本分，也出色地完成工作了。再說，錫人並非多麼注重外貌的虛榮之徒，即使多了那幾塊補釘，他也完全不在意。

最後，他走進桃樂絲的房間，感謝她又一次拯救了他。他激動得流下喜悅的眼淚，桃樂絲還得謹慎地用圍裙擦去他臉上的滴滴淚水，免得他的關節又要生鏽啦。小女孩一邊擦也一邊哭，因為能再次見到這位老朋友，她是多麼高興！她淚水撲簌簌地掉，但就任它們流吧，她不需要擦。至於獅子，他因為一直哭，也一直用尾巴揩去臉上的淚水，尾巴上的毛已經溼到可以擰出水來了。他只好暫時離開桃樂絲的房間，去庭院曬尾巴。

桃樂絲把到了城堡之後發生的一切告訴了錫人，而他說：「要是我們能救回稻草人，我應該會更高興吧。」

「我們一定要設法找到他。」小桃樂絲說。

於是她又向溫基人請求幫助，而這回，他們也走了一整天的路，直到隔天才找到那棵樹頂捧著稻草人衣物包的大樹。

那棵樹很高，加上樹幹的表面太光滑了，他們誰也爬不上去。此時，樵夫錫人就說：「我來砍倒它，然後我們就能拿到稻草人的衣服了。」

話說溫基國一流的錫匠們忙著為錫人敲打修補時，有位金匠特地替錫人那把斷了一截的破斧柄換成純金打造的金握把，並將金握把牢牢固定在斧頭上。也有一些人幫忙磨去斧刃上的鏽，讓斧片亮得有如擦拭過的銀器。

錫人這就動手砍樹。過沒多久，這棵樹便砰地一聲倒下，稻草人那團衣物也從樹枝間掉出來，滾到了地上。

桃樂絲撿起那包衣物，再交給溫基人帶回城堡，接著，他們就往那些衣服、帽子、靴子填塞乾淨又美觀的稻草——看吶，稻草人回來了！稻草人復活了！他很感激大家的救命之恩，對他們謝了又謝。

桃樂絲、托托、獅子、樵夫錫人、稻草人這幾個好朋友終於在黃色城堡團聚了，而這個地方應有盡有，他們待得舒適又愜意，也就開心地住了下來。

數天之後，小桃樂絲忽然想起自己的艾姆嬸嬸，便說：「我們也該回去找奧茲，請他兌現諾言了。」

「沒錯。」樵夫錫人說。「我也該得到我的心了。」

「那我就快要有腦袋了。」稻草人快活地說。

「我也會得到屬於我的勇氣。」獅子若有所思地說。

「而我也終於能回到堪薩斯了。」桃樂絲興奮得拍起手來。

「我們明天就前往翡翠城吧！」

其他人也同意就這麼辦。到了隔天，他們便召集溫基人，與他們道別。只是溫基人好捨不得他們，而且這支黃色民族越和錫人相處，就越喜歡他，甚至懇求他留下來治理這片黃色的西之國。不過，既然他們心意已決，溫基人也不好再強留他們，遂在這臨別之際送他們一人一件禮物。托托和獅子得到了金項圈，桃樂絲得到了鑲滿鑽石的華麗手鐲。他們送稻草人能夠拄著走路的拐杖，這樣他就不會再跌倒了。這拐杖的把手還是黃金打造的呢。最後，他們送錫人一只鑲著金子和珍貴寶石的銀製油罐。

感念溫基人的旅人們也一一致上感性的謝辭，又一一和他們握手道別，握到手臂都痠了。

桃樂絲上路之前，也將西方壞女巫收在櫥櫃裡的食物裝進她的籃子，繼而瞧見了那頂金帽子。她試戴了一下，沒想到戴起來剛剛好。她並不曉得這頂金帽子的魔法，只是覺得帽子好看就戴著它，把自己的粉紅色遮陽帽收到籃子裡。

一切準備就緒後，桃樂絲和朋友們便動身前往翡翠城。溫基人為他們齊聲歡呼三回，並誠心地祝福他們。

第十四章、又見飛天猴

還記得嗎？這壞女巫的城堡與翡翠城之間是無路可通的——就連條羊腸小徑也沒有。大夥兒出發征討壞女巫那會兒，還是壞女巫先看見這群闖入者，又派飛天猴去消滅他們、把獅子捉回去，桃樂絲才進了城堡。所以，他們要依憑自己的力量走回那片開滿毛茛和鮮豔雛菊的田野，實在不是件容易的事。不過當初他們既然朝著日落的西邊前進，現在就應該循著旭日升起的東方回去，於是這行人準備往東走。偏偏現在已是中午時分，而日正當中，他們根本分不清哪邊是東，哪邊又是西，結果就在這偌大的曠野間迷了路。不過，他們依舊沒有停下腳步，走著走著，不覺夜幕低垂、明月高懸，於是旅人們——除了稻草人和樵夫錫人——躺進芬芳的紅色花叢裡休息，一覺到天亮。

翌日早晨，他們不等太陽脫出雲海就動身趕路，彷彿已能判定方位，找到翡翠城的方向。

「只要走得夠遠，我們一定能走出這裡，到達什麼地方。」桃樂絲說。

他們一天天地走，卻仍舊走不出那片紅色田野。稻草人忍不住發起了牢騷。

「我們肯定是走錯方向了啦。」他說。「如果我們不能及時找到東方、回到翡翠城，我就永遠得不到我的腦袋了。」

「我也永遠得不到心了。」樵夫錫人說。「我多想馬上衝回翡翠城向奧茲討心，但照目前的情況看來，能不能回到翡翠城還是個未知數呢。」

「你們也知道——」膽小的獅子泣訴著：「我沒有那種能支撐我走到海枯石爛，卻始終只在原地踏步的勇氣啊。」

然後，桃樂絲也垂頭喪氣了。她坐在草地上呆呆望著夥伴，他們也坐下來呆呆地望著她，托托則吐著舌頭哈哈地喘氣。這是他第一次累到連飛過頭頂的蝴蝶也懶得去追了。他也看著桃樂絲，而那眼神似乎在問接下來該怎麼辦。

「如果我們召喚田鼠呢？」她問。「說不定他們知道翡翠城的方向，能為我們指路。」

「他們當然能為我們指路！」稻草人有如茅塞頓開，高興地喊著。「我們早該想到他們的！」

先前田鼠女王送給桃樂絲一只小口笛，而從那時起，桃樂絲就一直把它掛在脖子上。她這就吹響小口笛，幾分鐘後，便有道啪嗒啪嗒啪嗒的細碎腳步聲自遠方傳來：好多好多的灰色小田鼠跑來了。田鼠女王當然也在其中。她吱吱吱地問：

「怎麼了，我的朋友們？」

「我們迷路了。」桃樂絲說。「能不能請妳告訴我們翡翠城的方向？」

「沒問題。」田鼠女王答道。「你們走錯路了啦，應該往反方向走才對。現在你們已經離翡翠城太遠太遠了。」女王話一說完，就注意到桃樂絲頭上的金帽子，於是又吱吱吱地說：

「咦，妳怎麼不使用金帽子的魔法召喚飛天猴呢？有他們載你們飛，不消一個鐘頭就能抵達翡翠城啦。」

「魔法？什麼魔法？」桃樂絲驚訝地問。「原來這頂帽子還有魔法嗎？」

「嗯，魔法就寫在金帽子的襯裡上。」田鼠女王答道。「不過，要是妳決定召喚飛天猴，我們就得閃了，因為這群飛天猴賊頭賊腦，最喜歡惡作劇，還把折磨我們當有趣！」

「他們不會傷害我嗎？」小女孩擔心地問。

「哦，放心，他們必須服從戴著金帽子的人。走嘍！」田鼠女王火速奔逃，她的田鼠子民們則在後面追著她跑。

桃樂絲瞧瞧金帽子的襯裡，發現上頭果真寫了幾行字。她想，這些文字應該就是召喚飛天猴的咒語了，於是她仔細讀完，再把帽子戴回頭上。

「艾普，拍普，卡克！」她抬起右腳唸道。

「啥？妳說什麼？」稻草人滿臉疑惑地問。

「西囉，猴囉，哈囉！」桃樂絲繼續唸道；這回換她的左腳舉起來了。

「哈囉！」錫人則鎮定地回了一聲。

接著，桃樂絲併攏雙腳，唸著：「滋滋，族滋，滋克！」這就唸完了整套咒語。倒是她才唸完咒語，大夥兒就聽見震耳欲聾的嘰嘰聲和揮動翅膀的啪啪聲，也看見一團飛天猴大軍從天而至。飛天猴頭目向桃樂絲躬身行禮，說：

「請金帽子的主人下令。」

「我們要去翡翠城。」小女孩回答。「但是我們走錯路了。」

「我們會送你們去。」頭目說道。他話音甫落，桃樂絲就讓兩隻飛天猴用手臂托起，載著飛往翡翠城。其他的飛天猴也載起稻草人、錫人和獅子陸續飛去，還有隻小小飛天猴拎著托托跟著那些長輩飛。這一路上托托死命地掙扎，想盡辦法要咬這隻猴崽子。

稻草人和樵夫錫人嚇得臉都綠啦，畢竟不久之前，他們才領教過這群飛天猴的殘暴行徑。但他們很快就發現飛天猴這回沒有傷害他們的意思，於是高高興興地吹著風，愉快地俯瞰著地上美麗的花田和樹林。

托載桃樂絲的那兩隻是最為強壯的飛天猴，而其中一個就是飛天猴的頭目。他們讓桃樂絲坐在手上小心地飛，不讓她受到半點傷害。桃樂絲覺得這段飛行舒服極了。

「你們為什麼得服從金帽子的魔法呢？」小女孩問。

「說來話長啊。」飛天猴頭目大笑一聲。「不過呢，我也不妨說給妳聽，反正我們離翡翠城還遠得很，就當作是漫長旅途上的消遣吧——如果妳想聽啦。」

「我想聽。請告訴我吧。」她回答。

「我們曾是一支自由的民族，每天在大森林裡快樂地生活。我們在樹林間飛行，餓了就吃樹上的堅果和果子，想做什麼就做什麼。我們就是自己的主人。或許我們之中有不少愛惡作劇的潑猴，不時會低飛扯一下走獸的尾巴，或是追趕鳥兒，拿堅果亂扔步行於森林中的人類，但起碼在當時，我們的生活充滿了歡笑。大家都過得無憂無慮，享受生命中每一個片刻。這是好久以前的事嘍。早在奧茲踏出白雲，掌管這片土地之前，我們日子就是這麼過的。

「那個時候，遙遠的北之國住著一位美麗的公主，她還是個法力高強的魔法師。她的魔法只為幫助人們而施展，也從來沒有人聽說她會去傷害任何善良的百姓。她就是美麗的蓋雅樂，居住在用巨大紅寶石岩塊砌成的華美宮殿裡。蓋雅樂受人愛戴，但她並不快樂；她最大的遺憾就是找不到登對的情人。這也是啊，畢竟她周遭的凡夫俗子醜的醜、笨的笨，怎麼配得上這位美麗又睿智的公主呢？終於有天，蓋雅樂發現了一個小男孩。他比同齡的男孩子都要俊俏、勇敢，而且聰穎。她決定等小男孩長大成人之後就嫁給他，於是將他帶回了紅寶石宮殿，並施展一切的法術，讓小男孩長成每個女人夢寐以求的好男人。他就是奎拉拉，而長大之後的奎拉拉確實身強力壯，心地善良，風度翩翩。聽說他就是這片大地上最瀟灑、最有智慧的男性呢。他是如此英俊，蓋雅樂已經深深愛上他了。所以她趕緊籌備婚禮，迫不及待要成為奎拉拉的新娘。

「當時的飛天猴住在蓋雅樂宮殿附近的森林裡，而我爺爺就是當時的頭目。哈，爺爺雖然一把年紀了，還是很愛惡作劇；他覺得那比吃上一頓豐盛的晚宴更痛快哩。那一天——就在婚禮即將舉行之際——爺爺正領著他那幫飛天猴在森林外飛，恰巧看見了在河邊散步的奎拉拉。他穿著用桃色絲綢和紫色絲絨製成的禮服，真是華麗又氣派。爺爺想探探他究竟有多大的本領，於是一聲令下，接著，他身後的飛天猴就衝下去抓住奎拉拉，然後托著他飛到河心的上空，再毫不留情地將他丟進了河裡。

「『快游上岸吧，大帥哥！』爺爺大喊。『我倒要看看你那身禮服有多潔淨無垢。』游泳當然難不倒聰明過人的奎拉拉，更何況，他又不是養尊處優的大少爺。他浮出水面後大笑了幾聲，就從容不迫地游向岸邊。然而這時候，蓋雅樂出現了；她跑出宮殿來找奎拉拉，卻發現他整身的絲綢和絲絨都讓河水沖髒啦。

「美麗的公主非常生氣，當然她也知道是誰搞的鬼。她把所有飛天猴都叫到面前，說要把大家的翅膀全都綁起來，然後讓他們跟奎拉拉一樣被丟進河裡。爺爺上前苦苦哀求蓋雅樂，請她不要這樣懲罰他們，因為他知道要是翅膀被綁住，掉進河裡的飛天猴只有死路一條啊。就連奎拉拉也替爺爺他們求情了。蓋雅樂總算願意網開一面，但是有個條件：飛天猴必須世世代代聽從金帽子主人所下的三道命令。這頂金帽子是公主準備送給奎拉拉的結婚禮物，據說所費不貲哦，她王國大半的錢財都砸在上面了。爺爺和其他在場的飛天猴當然都答應了這個條件；這就是為什麼我們會臣服於金帽子的主人，三度服從這個人的命令——無論這人有什麼來頭，只要金帽子戴在他頭上，我們就得依令行事。」

「那你爺爺他們後來怎麼了？」桃樂絲越聽越起勁，覺得故事有趣極了。

「奎拉拉是這頂金帽子的第一個主人，也是第一個對我們發號施令的人。」頭目說。「他的新娘子一見到我們飛天猴就生氣，所以婚禮結束後，他就把我們全都叫到森林裡，命令我們永遠不得在蓋雅樂面前出現。這正合我們的意啊，沒有一隻飛天猴不怕蓋雅樂的。

「奎拉拉只下了這道命令，而我們也始終遵守著，一直到金帽子落入西方壞女巫的手中，我們才臣服於她，為她把溫基人變成奴隸，後來還依照她的命令將奧茲逐出西之國。現在呢，妳就是這頂金帽子的主人，能三度指使我們去達成妳的願望。」

飛天猴的頭目說完故事了。此時，桃樂絲從高空往下望，就望見翡翠城閃著熠熠綠光的城牆。她不禁讚嘆飛天猴飛行的速度，也很高興他們已經飛達了目的地。這群奇特的動物在城門前小心翼翼地放下旅人們，接著飛天猴頭目對桃樂絲鞠了一躬，就領著飛天猴軍團迅速飛走了。

「真是趟舒服的飛行之旅。」小桃樂絲說。

「還是條能帶我們走出困境的捷徑。」獅子說。「還好妳有拿走那頂神奇的帽子，真是謝天謝地！」

第十五章、揭開奧茲的祕密

旅人們徑直走向翡翠城雄偉的城門，也再度摁響了那道門鈴。門鈴叮叮噹噹地唱著，接著城門打開了，桃樂絲一行人又見到之前為他們開門的城門守衛。

「啊！你們怎麼又來啦！」城門守衛嚇了一跳。

「如你所見，我們就站在你面前。」稻草人說。

「你們不是去找西方壞女巫了嗎？」

「找到啦。」稻草人答道。

「然後呢？她願意放你們走？」守衛驚訝地問。

「她也沒辦法啊，畢竟都溶成一灘爛糊了。」稻草人解釋道。

「一灘爛糊！哎喲，那可真是天大的好消息呢。」城門守衛說。「是誰溶掉她的？」

「是桃樂絲。」獅子正經地說。

「天啊！」城門守衛高聲驚嘆，然後把身子壓到不能再低，對桃樂絲大大地鞠躬。

他隨即領著這支壞女巫征討團走到小房間，再像上次一樣，為他們鎖上從大箱子裡取出的綠色眼鏡。接著，他們穿過了門，進入翡翠城的街道。當地的百姓一聽到城門守衛說這群人溶化了西方壞女巫，個個都湊了過來，大夥兒遂在眾人的簇擁下步至奧茲的王宮。

於王宮大門前站崗的依舊是那位綠鬍子士兵，而這回，他二話不說就讓他們入宮了。那位美麗的綠衣少女也出來招呼他們。她立刻帶這群訪客前往先前下榻的房間，好讓他們在奧茲準備好接見他們前，能夠放鬆休息。

綠鬍子士兵這就趕往奧茲的正殿，向他稟報桃樂絲一行人已經回到翡翠城的消息。然而，奧茲卻默不作聲，一句話也沒說。他們本料想這名偉大的巫師會馬上召見他們，但他沒有這麼做。第二天，他們繼續等著奧茲的回音，而第三天也是，第四天仍是。這般等待已經變成叫人困頓、不耐的苦等了；他們終於發起火來，覺得自己先是被差去西之國受苦受難、遭人奴役，回到翡翠城後，還得忍受奧茲如此冷淡的對待。於是稻草人拜託美麗的綠衣少女帶個口信，就說如果奧茲不立即接見他們，他們就要召喚飛天猴，派這團大軍前去查明他究竟肯不肯遵守承諾。大巫師聞畢驚懼不已，畢竟之前在西之國，他就見識過那幫飛天猴的本事啦；他可不願意再看到他們。是故奧茲立刻傳話，要他們於翌日早上九點零四分來到正殿。

旅行團的四名成員都因為想著奧茲曾允諾他們的賞賜而無法成眠。桃樂絲只小睡了一會兒，就開始想像自己已回到堪薩斯，想像艾姆嬸嬸難掩喜悅，直說見到終於歸來的小姪女有多高興。

九點整，綠鬍子士兵分秒不差地出現在他們的面前。四分鐘之後，這一行人便進入了偉大巫師奧茲的正殿。

不消說，他們一個個都以為這位偉大的巫師會以先前的模樣再度現身，誰知道正殿裡竟然連個鬼影子也沒有。這滿室的空曠與死寂比奧茲曾為他們展現的任何一種化身都更令人膽寒，嚇得他們退回正殿的門前，緊緊偎著彼此。

就在這個時候，他們聽見一個聲音。那聲音似乎是從高大的圓頂附近傳下來的；它語氣莊嚴地說：

「我是既偉大又可怕的奧茲。你們為何前來見我？」

他們再次掃視整座正殿，卻還是找不到奧茲的身影。於是桃樂絲問：「您在哪兒呢？」

「我無所不在，只是凡夫俗子看不見我罷了。」那聲音答道。「我這就坐上寶座，讓你們能對著我說話。」而就在奧茲說話的當下，那聲音果真從寶座上傳了出來。他們遂走上前去，並在寶座前站成橫橫的一排。桃樂絲說：

「偉大的奧茲啊，我們來請求您實現諾言了。」

「什麼諾言？」奧茲問。

「只要我除掉西方壞女巫，就送我回堪薩斯的諾言。」小女孩回答。

「你也承諾會賜我一副腦袋。」稻草人說。

「也會給我一顆心。」樵夫錫人說。

「還會給我一份勇氣。」膽小的獅子說。

「那壞女巫真的死了？」那聲音問。桃樂絲似乎聽見那聲音微微顫了一下。

「真的。」她回答。「我潑了壞女巫一桶水，然後她就溶化了。」

「哎呀，這真是出人意表。」那聲音說。「我需要時間好好思考一番，你們明天再來吧。」

「你時間還不夠多嗎！」樵夫錫人憤怒地說。

「我們一天也等不下去啦。」稻草人說。

「您必須遵守對我們許下的承諾！」桃樂絲高聲地說。

這個時候，獅子就想應該要順勢嚇嚇這位偉大的巫師，所以狂吼了一聲，但他的獅吼既威猛又可怕，嚇得托托從他身邊跳開，還撞倒了安置在角落的屏風。摔落地面的屏風發出一聲巨響，大夥兒應聲看去，卻看得他們眼凸嘴張——太令人驚訝了，屏風後面竟然藏了一個頂上無毛、滿臉皺紋，個頭短小的老先生！他愕然地站在原地，似乎也和他們一樣吃驚。樵夫錫人立刻舉起斧頭衝到這個老先生的面前，喝道：「你是什麼人？」

「我、我是既偉大又可怕的奧茲……」老先生的聲音抖得厲害。「別打——請不要打我，你們要我做什麼，我都會照辦的。」

這群人又詫異又沮喪地看著他。

「我還以為奧茲是一顆大頭。」桃樂絲說。

「我還以為奧茲是一位婀娜多姿的美女。」稻草人說。

「我也以為奧茲是一頭凶猛的野獸啊。」樵夫錫人說。

「奧茲不是一團火球嗎！」獅子叫嚷著。

「不是啦，你們都誤會了。」矮矬的老先生溫溫地回話。「那些全是我裝出來的啦。」

「裝出來的！」桃樂絲喊道。「你不是一名偉大的巫師嗎？」

「噓、噓，親愛的，別這麼大聲。」他說。「要是被別人聽到就不好了，我會完蛋的欸。他們都以為我是一名偉大的巫師呀。」

「你難道不是嗎？」桃樂絲問。

「我根本不是啊，親愛的。我只是一個普通人。」

「不，你不只是普通人。」稻草人悲傷地說。「你還是個騙子。」

「說得對極了！」老先生搓著雙手附和，彷彿因為得到了這個稱號而大感欣慰。「我是個騙子。」

「真是糟透了。」樵夫錫人說。「這下我永遠也得不到心了。」

「還有我的勇氣。」獅子說。

「還有我的腦袋。我永遠也得不到腦袋了。」稻草人哭哭啼啼地說。他邊哭邊用衣袖擦去眼淚。

「親愛的朋友啊——」奧茲說。「求你們別再說了，這些都是無關緊要的小事嘛。替我想想吧。我的真面目都被揭穿了，我的麻煩才大咧。」

「其他人都不知道你是個騙子嗎？」桃樂絲問。

「除了你們幾個——還有我，誰也不曉得。」奧茲答道。「我已經欺騙大家好多年了，久而久之，我也相信自己能這麼欺騙下去。讓你們進正殿真是天大的錯誤啊。平時的話，我連底下的臣民都不會接見呢。所以他們才會以為我是個可怕的巫師啊。」

「可是，我不懂……」桃樂絲困惑地說。「你明明化身為一顆大頭出現在我面前啦。這又怎麼解釋？」

「那也是我的伎倆。」奧茲回答。「來吧，這邊請，我會把一切都交代清楚的。」

奧茲在前面帶路，他們便跟著他走向正殿的尾部，進入一間小小的臥房。他指著室內一角，而那顆大頭就靜靜躺在那兒。奧茲的大頭是用許多紙層層包出來的，上面還有一張畫得非常精細的臉。

「我用絲線把它吊在天花板上。」奧茲說道。「然後，我就站在屏風後面拉線，讓臉上的眼睛會轉動，嘴巴能張合。」

「那聲音又是怎麼來的？」小女孩問。

「那個哦，因為我會腹語術啊。」老先生說。「只要我想，就能用聲音替任何東西說話，妳才會認為那就是大頭自己發出的聲音。看看這裡；這些都是我用來欺騙你們的道具。」他給稻草人看扮成美女時穿戴的綠色薄紗袍和面具，又為樵夫錫人展示那頭駭人的野獸，而那不過是將一片片皮毛用線接縫之後，再往裡頭塞幾片隔板，將它撐出個形狀的手工活兒。至於火球，也只是這個冒牌巫師用絲線吊在天花板上的一團棉花罷了；只要澆上油，就能保它燒起熊熊烈焰。

「你喔！」稻草人說。「你真該感到慚愧。居然去當騙子！」

「嗯，我當然很慚愧啊。」老先生難過地說。「但我也是走投無路嘛。啊，請坐請坐，這裡多得是椅子呢。接下來，我就講講自己的故事好了。」

於是他們坐了下來，聽奧茲講述這則故事：

「我出生於奧馬哈——」

「真的嗎？奧馬哈離堪薩斯不遠啊！」桃樂絲興奮地喊著。

「嗯，是不遠，卻和這個地方相隔十萬八千里。」他說，還傷心地對桃樂絲搖搖頭。「長大之後，我成了一名腹語術藝人；我曾拜名師學藝，所以練就了這項技藝。什麼鳥類或獸類的聲音我都能模仿哦。」說到這裡，他便開始喵嗚、喵嗚地叫。那叫聲像極了小貓咪，聽得托托豎起耳朵四下張望，想要搜出小貓來。「一段時間之後——」奧茲繼續說道。「我厭倦了賣藝的生活，就轉行當起熱氣球人。」

「什麼是熱氣球人？」桃樂絲問。

「就是在馬戲團演出的日子坐上熱氣球，吸引大家湊過來看熱鬧，再叫圍觀的群眾買票去看馬戲團表演的人。」他解釋道。

「哦，我懂了。」小女孩說。

「然後有一天，我乘上熱氣球後，底下的粗繩卻纏在一塊兒，害我根本無法著陸。熱氣球飄呀飄，就飄到雲層的上方，接著又遇上氣流，被這股氣流拉到好遠好遠的地方。我在空中飄了一天一夜，到了隔天早上，我兩眼一睜，再往下一瞧，就發現一個美麗的陌生國度。

「熱氣球緩緩降落，所以我完全沒傷著，倒是發覺周遭圍了一群陌生人。他們看我從雲層裡出現，就把我當成一名偉大的巫師。我當然順著他們的意思嘍，畢竟這麼一來，他們就會敬畏我，也願意達成我任何的要求。

「我要這群善良百姓建造城市和王宮，只是為了讓自己高興，讓他們有事可忙而已，但他們卻滿心歡喜地為我勞心費力，還將這整座城市蓋得如此雄偉。接著我便想：既然這片明媚的鄉間有遍地的綠意，不如就叫它翡翠城吧。我又規定所有人戴上綠色眼鏡，使每個人看見的每樣東西都是綠色的，讓這個地方成為名副其實的翡翠城。」

「所以在翡翠城裡，並非每樣東西都是綠色的嘍？」桃樂絲問。

「就跟其他城市裡的景物一樣啊。」奧茲答道。「道理就是一旦戴上了綠色眼鏡，眼前當然會是綠色一片啦。當年我乘著熱氣球飄到這兒來的時候，還是個年輕小伙子，這翡翠城就是那個時候蓋好的。而今，許多年過去了，我也非常衰老了，但我的子民始終戴著綠色眼鏡，絕大多數的人也深信這就是一座綠如翡翠的城市。啊，這的確是一塊美麗的地方，不僅有豐富的寶石和貴重的金屬，還有各式各樣能滿足我們需求，使我們感到幸福的好東西。一直以來，我善待這群百姓，他們也很喜歡與我相處，只是王宮落成之後，我就把自己關在裡頭，不見任何人。

「而最令我害怕的，莫過於那些女巫了，因為我知道她們是真的具有神奇的力量，也能做出真正神奇的事。我呢？我一點法力也沒有。這片土地上有四名女巫，分別統治住在東、西、南、北四方的人民。還好治理北之國和南之國的是好女巫，不會傷害我，但東之國和西之國的女巫邪惡無比，要不是她們以為我的法力在她們之上，大概早就把我給宰啦。她們不曉得其實我一直生活在巨大的恐懼之中啊。所以，妳就能想見當我聽到妳的房子壓死了東方壞女巫，我有多麼高興了。而我接見你們那時，曾許諾只要你們除掉剩下的那名壞女巫，我就會讓你們如願以償；現在，既然妳已經溶化了壞女巫，我也理當遵守諾言，讓你們得到應有的賞賜。但，說來慚愧，我只能食言了。」

「我覺得你是個很壞、很壞的人。」桃樂絲說。

「噢不，不是的。親愛的，我真的是個很善良的人啊，但就一名巫師來說，我確實非常差勁就是了。」

「你真的不能給我腦袋嗎？」稻草人問。

「你不需要腦袋呀。你每天都在學習，不是嗎？小寶寶一生下來就有腦袋，卻不是事事都明白。經驗才是取得知識的唯一途徑，而且活得越久，就一定能累積越多經驗哦。」

「或許你說得沒錯，但你不給我腦袋，我就快樂不起來。」稻草人說。

這位冒牌巫師仔細看著稻草人。

「好吧。」他嘆了一口氣。「一如我剛才所說，我並非什麼偉大的巫師，不過如果你明天早上到這正殿來，我就會把一副腦袋塞進你的頭裡。可我無法告訴你要怎麼運用腦袋，你得自己找到方法。」

「啊，謝謝！謝謝你！」稻草人高聲歡呼。「別擔心，我會找到運用腦袋的方法的！」

「那我的勇氣咧？」獅子焦慮地問。

「我相信你已經擁有足夠的勇氣啦。」奧茲回答。「你只是缺乏自信。遇到危難時，任誰都會感到害怕的，而真正的勇氣就在於儘管害怕，仍選擇正視眼前的危難！這種勇氣，你一點也不缺少。」

「或許我並不缺乏勇氣，但我仍是個畏首畏尾的膽小鬼呀。」獅子說。「除非你給我那種能讓人忘卻恐懼的勇氣，否則我日子可難過嘍。」

「那好吧。我明天就給你那種勇氣。」奧茲告訴他。

「那我的心呢？」樵夫錫人問。

「啊，那件事的話——」奧茲答道。「我想你要錯東西了。大部分的人都因為有心而感到不快樂。要是你能明白這點，就會曉得自己的無心是件多麼幸運的事了。」

「個人看法不同啦。」錫人說。「對我而言，只要你把心給了我，我就甘願忍受一切的不快，不吐一句怨言。」

「很好。」奧茲溫和地說。「明天來找我，我會給你一顆心。我扮巫師這麼多年了，不介意再多扮一會兒。」

「好啦——」桃樂絲說。「那我要怎麼回堪薩斯呢？」

「我們得好好想想。」老先生說。「給我兩三天的時間思考吧，我會想辦法找到帶妳穿越沙漠的答案。在這段期間，你們就是我的賓客；只要你們住在我的王宮裡，我的人民就會服侍你們，供你們差遣。我只要求一件事，而且就這麼一件，作為我幫助你們的條件：你們務必要保守祕密，絕對不可以把我是騙子的事告訴別人。」

大夥兒都欣然接受了巫師的要求，答應不將進入正殿之後的所見所聞洩漏出去，然後便興高采烈地回到各自的房間——

包括桃樂絲。她希望這位「既偉大又可怕的騙子」——這是她為他取的綽號——能找到送她回堪薩斯的方法。倘若他能辦到，她就什麼也不計較了。

第十六章、偉大騙子的魔法

隔天早晨，稻草人對朋友們說：

「恭喜我吧，我終於盼到一顆腦袋了。我從奧茲那兒回來之後，就跟個普通人沒兩樣啦。」

「你現在這個樣子就很好啦。」桃樂絲只說了這句。

「妳真好，願意對一個稻草人講這種話。」他答道。「不過，要是我能動動腦袋，想出一些讓人佩服叫好的妙點子，妳肯定會對我刮目相看哦。」說完，稻草人便暫別朋友們，愉快地前往正殿。到了正殿之後，他敲敲門。

「請進。」奧茲說。

稻草人一進門，就看見這位老先生坐在窗邊想事情，似乎還陷入了沉思。

「我來要我的腦袋了。」稻草人有點忐忑地說。

「啊，是的。請坐吧，那兒有張椅子。」奧茲說。「我得先取下你的首級，才有辦法將腦袋放在正確的位置哩，失禮了。」

「嗯，不要緊的。」稻草人說。「只要你幫我恢復之後，我就有顆聰明的頭腦，歡迎你取下我的首級。」

冒牌巫師這就拆開稻草人的頭、抽出裡面的稻草，再走進房間的小密室拿出一團腦袋般大小的穀糠。這團穀糠密密麻麻地摻了許多針和釘子，老先生將它們兜攏後放上稻草人的頭頂，再用稻草補滿空隙，這顆穀糠腦袋就牢牢固定住了。

他重新於稻草人的身體上方紮了個頭，然後告訴他：「從今天起，你不只是個堂堂正正的人，還是個了不起的人哩，因為我放了一大顆腦袋進去啦。嘿，很好『糠』吧！」

稻草人終於實現了自己最大的願望。既快樂又得意的他熱情地謝過奧茲，再高高興興地回到朋友們身邊。

桃樂絲好奇地看著他。多了顆腦袋之後，稻草人的頭頂也腫了個大包了。

「你還好嗎？覺得怎麼樣？」她問。

「啊哈！我覺得自己非常聰明！」他發自內心地說。「等我用慣這顆腦袋，我就無所不知啦。」

「那些從你頭頂冒出來的針和釘子是怎麼回事？」樵夫錫人問。

「那表示他有一顆頂尖的腦袋瓜啊。」獅子說道。

「好吧。換我去找奧茲要心了。」錫人說。他立刻前往正殿，到了之後就敲敲門。

「請進。」奧茲喚道。錫人步入正殿，說：「我來要我的心了。」

「是的是的。」老先生答道。「不過，我得先在你胸口開一個洞，才有辦法把心放在正確的位置哩。希望你不會因此感到疼痛。」

「哦，不會的。」錫人說。「我不會感到一絲絲疼痛的。」

於是奧茲拿出一把錫匠專用的大剪刀。他先在錫人的左胸剪下一小塊方方正正的錫片，再從五斗櫃裡取出一顆漂亮的心。那心上全是密密麻麻的絲線，裡頭填滿了鋸木屑。

「很美吧？」他問。

「可不是嘛！好美的心啊。」錫人答道。他高興得不得了。「那是顆仁慈、善良的心嗎？」

「是的，非常仁慈善良！」奧茲回答。他把這顆心放進錫人的胸膛，再俐落地焊上剛才剪下的方正錫片。

「好嘍。」他告訴錫人。「你現在擁有一顆任誰都會引以為傲的心了。不好意思咧，在你的左胸膛留下一塊補釘，但這也是無可避免的啦。」

「區區一塊補釘！」滿心歡喜的錫人興奮地說道。「真是太感謝你了，我一輩子也不會忘記你為我做的點點滴滴。」

「別客氣。」奧茲說。

錫人回到朋友們的身邊，他們也一一向好運終於臨門的錫人道賀。

接下來就輪到獅子了。他走到正殿前，敲了敲門。

「請進。」奧茲說。

「我來要我的勇氣了。」獅子一邊進門，一邊表明來意。

「好的。」矮小的老先生回答。「我這就去拿你的勇氣來。」

他走向櫥櫃，再伸手從上層的格子取出一個綠色方瓶子，然後將瓶裡的汁液倒進一只精雕細琢的金綠色盤子裡。奧茲把盤子放在膽小的獅子面前，後者湊上鼻子一聞，卻發出一聲嗤哼，似乎不喜歡這玩意兒的氣味。奧茲說：

「喝。」

「這什麼東西啊？」獅子問。

「這個嘛……」奧茲答道。「你喝下之後，它就是你日思夜想的勇氣了。你也知道勇氣是存在於體內的吧，所以等你喝下這汁液，讓它在你身體裡流動，這東西才算是真正的勇氣。因此我建議你還是快快喝了它好。」

膽小的獅子不再拖拖拉拉，馬上把盤裡的汁液喝得精光。

「你現在覺得如何？」奧茲問。

「渾身充滿了勇氣！」獅子答道。他快快樂樂地跑回朋友們身邊，讓大夥兒知道他終於有勇氣了。

奧茲獨自待在正殿裡，想著自己成功瞞過了稻草人、樵夫、錫人和獅子，讓他們以為自己已經得到夢寐以求的東西，不覺微微笑著。「誰叫他們一個個都提出這麼無理的要求呢？」他說。「任誰都知道那些是不可能辦到的事呀，簡直是逼我騙人嘛。話說回來，用騙術打發稻草人、獅子和錫人並不難，因為他們相信我無所不能，但要送桃樂絲回到堪薩斯可就讓我傷透腦筋了。我肯定想不出什麼可行的法子呀。」

第十七章、升空的熱氣球

三天過去了，而桃樂絲還在等著奧茲的答案。小女孩心情低落，不過她身邊的朋友倒是個個快樂又滿足。稻草人說他頭腦裡湧現了許多美妙的想法，那是什麼想法呢？不，他是不會說的，因為說出來也不會有人懂啊。他的想法只有他自己知道。錫人四處閒晃時，感覺得到心正在他的胸膛下怦怦、怦怦地跳動，於是他對桃樂絲說現在這顆心比他還是人類時擁有的心更加善良，也更加體貼。至於獅子，他宣稱自己已經天不怕地不怕，無論眼前站了一批大軍，抑或是一群凶猛的怪力達，他都能欣然面對。

因此，除了桃樂絲，這個小團體的每名成員都非常滿意自己的現狀，而這又加深了她回到堪薩斯的渴望。

到了第四天，奧茲終於召見她了。欣喜不已的桃樂絲前往正殿，進門之後，就聽到他愉快地說道：

「親愛的，請坐。我想我已經找到能帶妳離開這片大地的辦法了。」

「那我能回到堪薩斯嗎？」她急切地問。

「呃，這我就說不準了……」奧茲回答。「畢竟我完全不知道堪薩斯的方向啊。不過首要之務，就是穿越沙漠；一旦穿越了沙漠，應該就不難找到回堪薩斯的路了。」

「我要怎麼穿越沙漠呢？」桃樂絲問。

「嗯，我來說說我的想法。」老先生告訴她。「妳看哦，我當年是乘著熱氣球來到這裡的，而妳是被龍捲風颳來的。我們都是從天而降，所以我相信要穿越沙漠，最好的做法也是用飛的。我雖然沒那個法力變出龍捲風，但我會做熱氣球啊。我仔細想過這件事了，我相信熱氣球應該不難做。」

「熱氣球？怎麼做？」桃樂絲問。

「熱氣球呢……」奧茲說。「是用絲綢做的，做好了再塗上一層膠，裡頭的瓦斯才不會外洩。我王宮裡多得是絲綢，拿來做熱氣球是綽綽有餘啦，不過熱氣球還得灌滿瓦斯才能升空，而我這個國家並沒有瓦斯哩。」

「如果熱氣球不能升空——」桃樂絲說。「一切都免談啦。」

「沒錯。」奧茲答道。「所以就得靠另一種能讓熱氣球升空的方法：給熱氣球灌滿熱氣。可是熱氣不比瓦斯好用啊。它會冷卻，然後少了熱氣的熱氣球就飛不起來，屆時我們就只好迫降在沙漠上，接著就迷路啦。」

「『我們』！」小桃樂絲驚呼一聲。「你要跟我一起走嗎？」

「這還用說嗎？」奧茲答道。「我已經厭倦當一個騙子了，偏偏我只要踏出王宮，大家很快就會發現原來我不是巫師，還會為我這些年來的欺騙感到憤怒。這就是我始終把自己關在房間裡的原因呀。不過，我已經受夠這種足不出戶的生活了。我更寧願跟妳回堪薩斯，回我的馬戲團過日子。」

「我很樂意與你結伴同行。」桃樂絲說。

「謝謝妳，親愛的。」他說。「那麼，我們就來做熱氣球吧。麻煩妳幫我把一片片的絲綢都縫接起來。」

奧茲開始將絲綢裁成適當的大小，桃樂絲則拿起針線，把裁好的絲綢一片接著一片整齊地縫合，動作還跟奧茲一樣迅速。她先拿到一片淺綠色的絲綢，然後是深綠色的、翡翠綠的絲綢，原來奧茲想做一顆呈現出不同深淺的綠色熱氣球。桃樂絲費了三天的工夫才拼縫好全部的絲綢片——完成了，他們現在有一個超過二十呎的巨大綠色絲綢袋子呢。

奧茲接著往大袋子的內裡刷上一層薄薄的膠，保它密不透風。上完膠之後，他就宣布熱氣球做好了。

「我們還缺一個乘坐用的大籃子。」他說。他命那位綠鬍子士兵找來一只好大的洗衣籃，再用好幾條粗繩把洗衣籃緊緊綁在熱氣球的底部。

大功告成之後，奧茲便傳話下去，說自己即將拜訪一位住在雲裡的偉大巫師同袍。這消息馬上傳遍翡翠城的大街小巷，他的每一位子民也都跑了過來，想要見證這神奇的時刻。

奧茲差人把熱氣球扛到王宮正門外，圍觀民眾無不好奇地望著這顆熱氣球。此時，已事先砍好一堆木柴的樵夫錫人就點火燒柴，奧茲則於火的上方抓著熱氣球的底部，使熱氣灌進這只密不透風的絲綢大袋子。熱氣球逐漸張開、膨脹，也漸漸浮了起來。過了一段時間，那只大洗衣籃都快碰不到地面了。

然後，奧茲跨進籃子，並用洪亮的聲音向全城百姓宣布：

「我即將到外地訪問，而我離開的這段期間，翡翠城就交由稻草人治理。我要你們服從稻草人，一如你們服從我。」

他話剛說完，氣球內部就已灌滿了熱氣。比未灌氣時輕了好幾倍的熱氣球想要升空高飛，便使勁扯著將它固定在地面上的繩索，拉得繩索鏗鏗發響。

「來吧，桃樂絲。」偉大的巫師喚道。「快哦，熱氣球就要升空了。」

「我到處都找不到托托……」不願拋下小狗的桃樂絲說。托托為了吠跑一隻小貓，早就混進人群裡了。後來桃樂絲終於找到他，連忙抱起他跑向熱氣球。

眼看熱氣球就在眼前，而奧茲也伸長了手，準備將她拉進籃子裡——喀啦！一時間，繩索應聲斷裂，熱氣球升空啦。

「回來呀！」她大叫。「我也要去！」

「我回不去呀親愛的。」籃子裡的奧茲喊道。「再見了！」

「再見！」在場群眾一邊吼著，一邊望著籃子裡的偉大巫師越飛越高，越飄越遠。

這就是大家最後一次親眼瞧見奧茲的情景。或許這位偉大的巫師已經安全抵達了奧馬哈，說不定現在就住在那兒呢——天曉得。不過可以確定的是，翡翠城的百姓將會深深懷念他，並彼此訴說著：

「當奧茲到了這裡，便為我們建造這座美麗的翡翠城；如今他離開了，還為我們留下睿智的稻草人，要他領導我們。奧茲永遠是我們敬愛的朋友！」

一連好幾天，翡翠城的百姓都為失去這名神奇的大巫師而感到悲傷。他們哀愁的心情，久久不能平復。

第十八章、前往遙遠的南方

桃樂絲回堪薩斯的希望又告吹了。她難過得痛哭流涕，不過後來，當她把這整件事情從頭到尾再想了一遍，又慶幸自己沒有跳上那顆熱氣球。她和翡翠城的百姓一樣為奧茲的離去感到遺憾，而她的同伴們也是。

樵夫錫人去找她，並對她說：

「奧茲畢竟給了我這麼一顆美麗的心，現在他離開了我們，如果我沒有為此好好哀悼一番，就未免太忘恩負義了。所以，我想稍微哭一下。能不能麻煩妳幫我擦眼淚，讓我能哭又不生鏽呢？」

「我很樂意幫忙。」她說完後立刻取來一條毛巾，錫人便開始哭泣，而桃樂絲就在他面前細心注意滴出的淚水，並隨時用毛巾擦拭。他幾分鐘就哭完了；樵夫錫人親切地感謝桃樂絲的幫忙，然後就拿出那鑲滿寶石的油罐為全身的關節上油，以防範那生鏽的災難。

如今，稻草人當上翡翠城的領袖，而儘管他不是一名偉大的巫師，城中百姓還是對他心服口服，尊崇有加。他們是這麼說的：「因為在這世界上，唯獨我們這座城市的領袖是一個用稻草塞出來的稻草人呀。」而就他們的見識來看，這話是挺有道理的。

那天早上，奧茲乘著熱氣球飛走之後，這支小小旅行團便聚集在正殿裡討論一路以來的遭遇。稻草人坐在雄偉的寶座上，其他三個則恭恭敬敬地站在他面前。

「我們的運氣不算太壞：現在這整座王宮和整個翡翠城都是我們的，我們也能歡歡喜喜地過日子了。」新上任的領袖說。「還記得不久之前，我才被吊在杆子上守望農夫的玉米田，如今卻成了這美麗之城的統領。一想到這些，我就覺得自己的命還算不錯哩。」

「我也一樣。」錫人說。「我好喜歡現在這顆心哦。我什麼都不求，真的，只想擁有一顆這樣的心，而我也如願以償了。」

「對我來說，只要知道自己和其他野獸一樣勇敢，我就很滿足了。就算我不是最勇敢的也沒關係。」獅子謙遜地說。

「要是桃樂絲也能心滿意足地住在翡翠城……」稻草人接著說。「我們這幾個就可以一起快快樂樂地生活啦。」

「可是我不想住在這兒呀。」桃樂絲喊著。「我想回堪薩斯，我想跟艾姆嬸嬸和亨利叔叔一塊兒生活呀。」

「好吧，那我們該怎麼辦呢？」錫人問道。

稻草人決定好好思考一番。他是如此努力地思考著，那些針和釘子都從腦袋裡迸出來了。好一段時間後，他終於開口：

「召喚飛天猴怎麼樣？然後請他們載妳飛越沙漠啊，如何？」

「我怎麼沒想到呢！」桃樂絲興沖沖地說。「就這麼辦。我這就去拿金帽子來。」

她捧著金帽子回到正殿，然後唸起咒語。不一會兒，飛天猴軍團就從敞開的窗戶飛了進來，站在她的身邊。

「這是妳第二次召喚我們。」飛天猴的頭目邊說邊向眼前這位小女孩鞠躬。「妳有什麼心願？」

「我想請你們和我飛回堪薩斯。」桃樂絲說。

但是飛天猴的頭目搖了搖頭。

「不行。」他說。「我們隸屬於這片大地，所以不能離開。從以前到現在，堪薩斯一隻飛天猴都沒出現過，我想以後也不會有，因為那兒並非我們飛天猴的歸屬。我們很樂意為妳效勞，也會盡力實現妳的願望，但是我們不能越過沙漠。再見。」

頭目又鞠了一躬，然後張開雙翅，領著他的猴群從進來的那扇窗飛了出去。

桃樂絲失望得快哭出來啦。

「我平白浪費一次金帽子的魔法。」她說。「結果飛天猴根本幫不了我。」

「哎呀呀，真是太可惜了！」富有同情心的錫人感嘆道。

稻草人又思考了起來，而這回他的頭頂凸了好大一塊，桃樂絲好怕他的頭會破掉。

「我們召見那位綠鬍子士兵，問問他有什麼建議好了。」他說。

綠鬍子士兵領命前來，人卻一副畏畏縮縮的樣子——畢竟奧茲在位之時，從不准他進入正殿一步。

「我們的小桃樂絲想要穿越沙漠。」稻草人對綠鬍子士兵說。「她該怎麼做才好？」

「我不知道。」士兵答道。「因為從沒有人穿越過沙漠呀。這種事恐怕只有奧茲才辦得到吧。」

「就沒有人幫得了我嗎？」桃樂絲認真地問。

「葛琳妲或許幫得了妳。」他說。

「葛琳妲是誰？」稻草人問。

「南方女巫。她是所有女巫中法力最高強的一位，統領著瓜德林人。而且她的城堡就蓋在沙漠的邊界，她可能曉得穿越沙漠的辦法。」

「葛琳妲是位好女巫，對吧？」小女孩問。

「她是瓜德林人公認的好女巫。」士兵說。「她對每個人都很親切和善。聽說葛琳妲知道永保青春的祕訣，所以即便她已經一把年紀了，還是非常美麗。」

「她的城堡要怎麼去？」桃樂絲問。

「直直往南走就對了。」他回答。「不過，據說那是旅人們心中一條危險重重的路哦。途中不僅會遇上埋伏在樹林中的野獸，還會碰到一支討厭外地人路經他們家園的奇怪民族哩。就是因為這樣，才沒有半個瓜德林人來過翡翠城啊。」

綠鬍子士兵說完便退下了。接著，稻草人說：

「看來最好的辦法就是桃樂絲不顧路途的危險，前往南之國請求葛琳妲的幫助，因為，當然啦，如果她只是一直待在這兒，就永遠回不去堪薩斯了嘛。」

「想必你又歷經一番深思熟慮了啊。」錫人有所察覺地說。

「是啊。」稻草人答道。

「我會陪桃樂絲去。」獅子宣布。「我已經住膩了你的城市，渴望能回到樹林和原野裡生活。你們也知道，我就是一頭野獸嘛。更何況，桃樂絲也需要個保鑣。」

「這倒是真的。」錫人也同意。「我的斧頭說不定派得上用場呢。我也一起去南之國。」

「咱們什麼時候出發？」稻草人問。

「你也要去嗎？」他們驚訝地問。

「當然吶。要不是有桃樂絲幫忙，我這輩子都得不到腦袋欸。是她從玉米田的長杆上解救了我，又帶我來到這美麗的翡翠城，所以我能有今天的造化，全是托她的福呀。在她回堪薩斯，永遠離開這裡之前，我會一直伴在她左右。」

「謝謝你們。」桃樂絲感激地說。「你們都對我好好哦。那麼，可以的話，我想要盡快出發。」

「我們明日一早動身。」稻草人說。「所以我們現在就開始準備吧。這會是一段漫長的旅程。」

第十九章、鬥鬥樹的攻擊

隔天早晨，桃樂絲和那位美麗的綠衣少女吻別，大夥兒也陸續跟綠鬍子士兵握手後，就讓士兵一路送到城門口。那個城門守衛又見到這群人了；他嚇了好大一跳，更無法理解他們竟然願意離開這座美輪美奐的城市，只為了去招致新的危難。不過他隨即將他們的眼鏡解開並放回綠色大箱子中，也誠摯地祝福他們。

「你現在是我們的領袖。」他對稻草人說。「請務必盡快回到翡翠城，回到我們身邊。」

「能快我一定快。」稻草人回答。「但我得先幫助桃樂絲找到回家的路。」

最後，桃樂絲向這位天性敦厚的守衛道別：

「謝謝你們的招待和禮遇。這是一座美麗的城市，城裡的人也都對我很好，我真不知該如何表達內心的感激之情。」

「別客氣啊，親愛的。」他回答。「我們很歡迎妳來到翡翠城，也希望妳能繼續留在這邊，不過如果回堪薩斯是妳的願望，那就去吧，親愛的。祝福妳找到回家的路。」說完，他便開啟外牆的大門，讓他們離開這座城市，踏上旅途。

豔陽高照，這群旅人朝著南之國前進，一路上有說有笑，樂樂陶陶。桃樂絲再度懷抱起回家的希望，稻草人和錫人也很樂意再次為她效勞。終於回到鄉間的獅子一邊呼吸新鮮空氣，一邊甩著尾巴，快活得不得了。至於托托，他不是繞著大家跑來跑去，就是追著飛近的飛蛾和蝴蝶，還不時高興得汪汪叫。

大夥兒踏著輕快的腳步，獅子還這麼說：「我就是住不慣城市。瞧，自從住進城裡，我都瘦了一大圈啦。現在呢，我等不及見到其他的猛獸，讓他們看看我變得多麼勇敢。」

他們回過頭望了翡翠城最後一眼，只看見林立在綠牆之後的高塔尖頂，以及奧茲宮中那高聳參天的尖頂建築和圓頂。

「到頭來，奧茲也不算多麼差勁的巫師啦。」樵夫錫人如此論道，同時感受著在他胸膛下怦怦作響的心。

「他畢竟知道該如何幫我裝上腦袋——非常機靈的腦袋。」稻草人說。

「如果奧茲自己也來一盤他那天叫我飲下的勇氣汁液，現在鐵定是個非常勇敢的人了。」獅子接著說。

桃樂絲倒沒什麼表示。對她而言，奧茲雖然始終沒能實現對她許下的承諾，但他也已經盡力而為了。她願意原諒他。正如他自己所說，即便他是個非常差勁的巫師，但依舊是個十分善良的人。

旅途的第一天，他們便走完從翡翠城延伸而出的大片綠色田野和鮮豔花叢。到了晚上，他們以草地為床、星空為被，睡了一頓舒舒服服的好覺。

早晨醒來之後，他們又繼續趕路，直到被一片濃密的樹林擋住了去路，才不得不停下。他們看看左前方，再看看右前方，卻發現舉目皆是這片密林，根本沒有一條可以繞行的路。他們也不敢貿然轉向，就怕因此而迷路。他們只能睜眼細看，找出最好入林的地方。

後來，位於隊伍前頭的稻草人總算瞧見一棵枝繁葉茂的大樹下，恰好騰出了可供大夥兒通過的空間。於是他走上前去，不料他人才步入樹蔭，頭頂的樹枝竟彎下枝條纏住了他，接著還把他高高舉起，狠狠丟向他的同伴。

稻草人一頭栽在地上，不過這完全傷不了他。他只是嚇了一跳，頂多感到幾分暈眩：桃樂絲扶他起身時，他可真是一副頭昏眼花的模樣呢。

「這幾棵樹下也有地方可走。」獅子喊道。

「等一下，先讓我來！」稻草人說。「反正就算被樹甩了出去，我也不會受傷。」他走向獅子所指之處，果然立刻被頭上的樹枝束縛起來，丟了回去。

「太詭異了。」桃樂絲喊道。「我們該怎麼辦才好啊？」

「看來這些樹是跟我們槓上了。它們決心要阻止我們前進啊。」獅子說。

「我也來試試。」錫人說道，並揹起斧頭邁步走向第一棵對稻草人如此粗暴的大樹。而就在一條粗枝探向樵夫錫人，快要將他緊緊纏住時，他馬上奮力一劈，直接把粗枝砍斷了。只見大樹的一條條樹枝隨即亂抖了起來，似乎遭受劇烈的疼痛。樵夫錫人立刻從這棵大樹下通過，毫髮無傷。

「來吧！」他呼喚同伴們。「動作快！」他們一個個跑上前去，也成功從樹下通過了，唯獨托托讓一根細瘦的小枝條纏住，還被用力地甩來甩去。托托難受得嗷嗷叫，幸而錫人立即砍斷這根小樹枝，救出了小黑狗。

其他樹木倒都老老實實讓這群旅人通過。於是，他們下了一個結論：在這片密林中，就只有最前排的大樹能彎下樹枝纏人；它們大概是這個地方的警察，才會被賦予這股負責趕跑外地人的神奇力量。

他們輕鬆穿過樹林，抵達了林子的另一頭。如今，一堵高牆立在他們面前；那牆似乎是用白瓷砌成的，表面就如盤子般平整光滑，還高出他們好幾個頭。

這群旅人看到高牆都愣住了。桃樂絲問：「接下來呢？」

「我來做把梯子。」樵夫錫人說。「我們非翻過這道牆不可。」

第二十章、雅緻的白瓷國

樵夫錫人從樹林裡抱出一堆木材，然後便開始製作梯子。因長途跋涉而疲憊不堪的桃樂絲就趁這個時候躺在一旁休息，獅子也蜷起身子睡著了，旁邊還窩著托托。

稻草人則看著錫人這邊敲那邊打，並對他說：

「我想不出這裡為何會出現一道牆，也想不到這道牆是用什麼材料築的。」

「別再想這面牆了，讓你的腦袋休息休息吧。」錫人答道。

「等我們翻過了牆，自然會知道牆的另一邊是怎麼回事。」

一段時間之後，錫人完成梯子了。這把梯子看起來既粗糙又笨重，不過錫人相信梯子堅固得沒話說，也一定能助他們翻過這堵牆。稻草人喚醒桃樂絲、獅子和托托，告訴他們梯子已經做好了。他率先爬上梯子，但他動作是那麼生硬，桃樂絲不得不緊跟在後，提防他摔下梯子。當他的頭到達比牆頂還高的位置，他驚叫了一聲：「哎呀，天吶！」

「繼續爬呀。」他下方的桃樂絲高聲催促著。

稻草人再往上爬，然後於牆頂坐了下來。此時桃樂絲探頭望向牆內，也喊了一聲「哎呀，天吶！」——就跟剛才的稻草人一模一樣。

接著，托托上來了，還突然開始吠叫。桃樂絲要他安靜下來。

再來是獅子和殿後的錫人，而他們一望向牆內，也紛紛喊了一聲「哎呀，天吶！」。這群旅人排排坐在高牆之頂，驚詫不已地看著下方奇異的景致。

他們看見一塊好大、好大的地方，而且地面平滑、光亮又潔白，就像一只大淺盤的盤底。這亮潔的地面上散布著一落又一落的瓷製房屋，全都漆著最鮮豔繽紛的顏色。房屋很小，最大的那間不過只到桃樂絲的腰際。這兒的穀倉小巧玲瓏，周圍繞著一圈瓷籬笆，還有許多瓷製的乳牛、綿羊、馬、豬和雞隻，全都一群一群地站著。

不過裡頭最奇特的，還是這個奇特國度的百姓：擠牛奶的少女和牧羊女郎穿著色彩明亮的馬甲和飾有金色圓點的長裙，公主們穿著最雍容華貴的銀色、金色和紫色連身洋裝，牧羊人以粉紅色、黃色與藍色條紋的馬褲搭配縫上金扣環的鞋，王子們頭戴寶石王冠，身著貂皮長袍和緞面緊身衣，滑稽的小丑則穿著百褶袍子，左右臉頰各畫了一顆又大又紅的圓點，頭上戴著布滿紅色圓點的尖頂高帽。再者，這些百姓也是瓷製的——包括他們穿戴的衣物。真叫人嘖嘖稱奇！他們也十分迷你，個頭最高的那位還不及桃樂絲的膝蓋呢。

沒有人理會桃樂絲他們，只有隻瓷製的紫色小狗頂著一顆比例失常的大頭跑到牆邊，用非常微弱的音量對著他們吠。等他吠完了，就又掉頭跑開。

「我們要怎麼下去啊？」桃樂絲問。

這把梯子重到他們根本抬不起來，稻草人遂從牆頂往下一跳，再讓其他人跳到他身上。如此一來，他們的腳就不會因為堅硬的白瓷地板而受傷了。當然啦，他們跳的時候還得小心再小心，千萬別降落在稻草人的頭上，否則腳可是會被釘子刺傷的。大夥兒都安然落地後，就把稻草人攙扶起來，並拍打他身上被壓得扁扁的稻草，將它們拍回原形。

「為了到達目的地，我們也只能穿過這個奇特的地方了。」桃樂絲說。「畢竟對我們來說，朝正南方前進才是萬無一失的走法。」

他們開始穿行於這個瓷製人的國家，接著就看見一個擠牛奶的瓷製少女在擠一頭瓷製乳牛的奶。他們走近時，那乳牛突然伸腿一踢，一連踢翻了小矮凳、小提桶，還有那位擠牛奶的少女。少女和她的矮凳提桶全都摔到白瓷地板上，發出好大的聲響。

桃樂絲驚訝地發現那頭瓷製乳牛把腿踢斷了，小提桶也被摔成幾瓣小小的碎片。擠牛奶少女的左手肘還被撞出一塊缺口，真是可憐。

「喂！」少女憤怒地喊著。「都是你們啦！乳牛的腿都斷了，害我得把她牽到修補店請人黏好才行。搞什麼嘛！居然來嚇我的乳牛！」

「對不起，真的很對不起……」桃樂絲說。「請妳原諒我們。」

但這位美麗的瓷製少女火大到不想說話。她氣鼓鼓地撿起地上的乳牛腿，再牽著跛著三條腿的乳牛準備離開，臨走前還不忘撇過頭來，抱著自己缺了一角的手肘狠狠白了這群笨手笨腳的外地人好幾眼。

竟然會發生這樁慘事。桃樂絲難過不已。

「在這個國家，我們必須非常小心。」心地柔軟的錫人說。「否則就會傷害這些美麗的小瓷人，讓他們留下無法撫平的傷痕。」

再往前走幾步，他們就遇見一位穿著貴氣華服的年輕公主。公主一看見這些外地人馬上停下腳步，準備逃跑。

桃樂絲想仔細瞧瞧公主的模樣，於是也跟著跑了起來。小公主卻嚷嚷著：

「別追啦！別追啦！」

瓷製小公主都用她那充滿恐懼的微小音量喊叫了，桃樂絲只好停止追趕，並詢問其中原因。

「因為——」與桃樂絲拉開一道距離後，她也就停止奔跑，為這個外地人解釋一下。「我一跑就可能會跌倒，而我一跌倒就會破掉啊。」

「沒辦法修嗎？」從外地來的小女孩問。

「可以修，但妳也知道，修補過的小瓷人就沒那麼漂亮了吧。」小公主說。

「嗯，好像是欸。」桃樂絲說。

「看看那位小丑，我們的玩笑先生。」小瓷人繼續說道。「他老是想倒立，所以老是摔得粉身碎骨。他送修了好多次，補過一百多道傷口；現在的他看起來一點都不漂亮。他來了，妳不妨自己瞧瞧。」

的確，這位逗人開心的迷你小丑朝他們走來了，而無論他身上那套紅色、黃色、綠色的華服有多美麗，依舊遮掩不了遍布全身的裂痕。那一道道在他表皮上亂爬的傷疤，就是他被修補過上百處的直接證據。

玩笑先生把雙手插進口袋，再失禮地鼓起腮幫子，調皮地對他們點點頭，然後唸起打油詩：

「我美麗的小女生，

妳為何盯著這一身

破爛的玩笑先生？

妳臉僵

身體僵

莫非剛把整副紙牌生吞？」

「請安靜，先生！」小公主說。「你看不出這些人是從外地來的，應該以禮相待嗎？」

「嗯哼，那就是我的禮貌，我就是這麼想道。」玩笑先生特此聲明一番，接著就倒立了起來。

「妳別為了他生氣。」小公主對桃樂絲說。「這位玩笑先生的腦子已經摔爛了，才會這麼蠢。」

「不會的，我一點也不生氣。」桃樂絲回答。「妳真的好美哦。」她繼續說道。「我想我一定會非常喜歡妳的——妳願意讓我帶回堪薩斯，把妳放在艾姆嬸嬸的壁爐架上嗎？我可以先把妳裝在籃子裡提著走。」

「如果妳這麼做，我會非常不開心。」瓷製小公主說。「妳想想，這個國家裡的人個個過著心滿意足、安居樂業的日子，想說話就說話，想走動就走動，可是一旦離開了這裡，身體馬上就會僵硬了——到時候，我們就成了一動也不動，只能站好來供人欣賞的漂亮瓷娃娃。當然啦，那就是我們被擺上壁爐架、櫥櫃，或是客廳的茶几時該有的樣子，但我們想要更愉快、更隨心所欲地生活在自己的家園呀。」

「我才不願意破壞妳幸福的生活呢！」桃樂絲高聲地說。

「所以，我們就此道別吧。」

「再見了。」小公主答道。

他們小心翼翼地走在白瓷國的路上，而那些小小動物和所有小瓷人一見著這群外地人，就因為害怕被踩碎或撞破而往四方竄逃，反倒為他們開了一條路。於是乎，旅人們約莫一個鐘頭後便到達白瓷國的彼方，站在另一面白瓷牆之前。

這面牆不比先前那堵牆高，他們只消站在獅子的背上，就能勉強爬上牆頂。待同伴們都上了牆頂了，獅子便收腿一蹲，再縱身跳上牆去。可是，就在他跳起的時候，那條尾巴卻掃到一座瓷製的教堂，把整座教堂砸了個粉碎。

「真是太糟糕了。」桃樂絲說。「話又說回來，還好我們只弄碎了一條乳牛腿和一間教堂，沒有害這些小瓷人受傷。他們是那麼脆弱！」

「他們的確非常脆弱。」稻草人有感而發。「我真慶幸自己是用稻草做的，不像他們這麼容易受傷。原來這世上還有比身為稻草人更不幸的事呀。」

第二十一章、成為萬獸之王的獅子

旅人們下了白瓷牆之後，來到一片滿是泥沼、長草叢生的鄉野。真是令人不快的景象啊，而且那些又高又密的雜草遮住了泥濘的水窪，要是走路時一個不留神，難保不會踩進骯髒的泥坑裡。因此，這群旅人格外小心地走著，也就避開了那些泥窪，直到他們來到堅實的硬土上。眼前這個地方非常荒涼，似乎沒有半點人煙。他們不斷穿過一叢又一叢的矮樹，等到累得快走不動了，才終於進入另一座森林。這森林裡的樹木是他們見過最古老，也最高大蔥蘢的樹了。

「這座森林太棒了。」獅子愉快地看著四周的景色。「這是我見過最美麗、最理想的所在。」

「看起來很陰森欸。」稻草人說。

「哪會！這裡才不陰森呢。」獅子答道。「我真想一輩子留在這裡。看看你腳下的枯葉，它們是多麼柔軟啊，依附著這些老樹的苔蘚又是多麼生生不息、多麼綠呀！對我們野獸來說，這裡肯定是最適合居住的寶地。」

「說不定就有其他野獸住在這裡。」桃樂絲說。

「應該有哦。」獅子答道。「可是我一隻都沒看見啊。」

他們在森林中走著，一直走到天色昏暗，再也看不清前方的路才結束這天的旅程。桃樂絲和托托、獅子躺下來睡覺，錫人和稻草人則待在他們身邊，一如既往地為他們守夜。

到了早上，旅人們又繼續趕路。不過大夥兒沒走多遠，便聽見低沉的隆隆聲響，就像許多野生動物發出的那種吼聲。托托嗚嗚地叫了起來，其他人倒是非常鎮定，無所畏懼地踏著平坦的鄉間小徑前行。之後，他們走到樹林間的一塊空地前，還看見數百隻各種各類的動物：包括老虎、大象、熊、野狼、狐狸等等生長於大自然中的動物全都到齊啦。那一瞬間，桃樂絲害怕了，不過獅子說那群動物是在開會，而從那陣陣嚎叫和咆哮聲聽來，動物們似乎遇到大麻煩了。

獅子為夥伴們解說時，有好幾隻動物瞧見了他，接著與會的一大群動物頓時噤口不語，彷彿集體中了魔法。虎族中塊頭最為壯碩的大老虎走向獅子，並對他鞠了一躬，說：

「啊，偉大的萬獸之王，歡迎您大駕光臨。您來得正是時候，請為我們打倒仇敵，讓這座森林中的動物重回平靜的生活吧。」

「你們遇上什麼麻煩啦？」獅子悄悄地問。

「我們的性命受到威脅了。」老虎答道。「最近森林裡出現一隻凶猛又殘暴的動物，那簡直是天底下最巨大的怪物了。他的模樣就像大蜘蛛，身體卻如大象般龐大，腿也長如樹身——八條，那怪物足足有八條樹幹這麼長的腿！他在森林中爬行時，還會用其中一隻腳捉住動物，再把這獵物拖進嘴裡吞了，就像蜘蛛吃掉蒼蠅那樣呀。只要這凶殘的怪物不死，大家就得時時與危險和死亡為伴。所以我們正在開會，希望能商量出個自保的方法，然後您就出現了。」

獅子想了一想。

「你們的森林裡沒有獅子嗎？」他問。

「本來有，但我們的獅子都被那隻大怪物吃光了。再說，您這麼強壯，又如此勇敢，那幾頭獅子哪能跟您比呢？」

「如果我消滅了你們的仇敵，你們可會臣服於我，尊我為森林之王？」獅子問道。

「我們會欣然遵從您的吩咐。」大老虎說。此時，其他動物也異口同聲地吼著：「我們會的！」

「你說的這隻大蜘蛛在哪裡？」獅子問。

「就在那片櫟樹林裡。」大老虎回答，並用前腳為獅子指明方向。

「你們都留在這邊，好好照顧我的朋友吧。」獅子說。「我現在就去會會那頭怪物。」

他暫別了朋友，然後抬頭挺胸走向櫟樹林，去找這個大傢伙單挑。

結果獅子找到大蜘蛛時，人家正在呼呼大睡。他長得奇醜無比，看得獅子連連作嘔，還不屑地皺起了鼻子。老虎說得沒錯，對方的腿確實挺長的，身上還布著又粗又黑的體毛。大蜘蛛還有張闊嘴，嘴裡那排牙齒非但尖銳，而且長達一呎，不過他那連接頭部和肥短身體的脖子，卻纖細得有如黃蜂的腰部。

獅子這下意會出攻擊大蜘蛛最有效的策略了，也曉得趁對方睡覺時發動攻勢，會比敵手清醒時正面較量容易取勝。於是，看準了目標後，獅子就來個大跳躍，然後直接落在這隻怪物的背上，再用自己力道萬鈞的獅掌一揮，掌上的利爪就將大蜘蛛的頭從身體上削落。他跳下蜘蛛背，站在一旁看著那八條長腿不住地抽動，而等到它們靜靜攤在地上時，他就知道這隻龐然大物已經死透了。

獅子回到那片空地，也看見正等著他歸來的森林動物們。他驕傲地說：

「你們再也不用懼怕你們的敵人了。」

動物們這就向獅子鞠躬致敬，並且尊他為王。而獅子也答應他們，待桃樂絲平安踏上返回堪薩斯的歸途，他就會回到這座森林，成為統領他們的萬獸之王。

第二十二章、瓜德林人的國家

後來這群旅人平安無事走出整座森林，也脫離了那片陰森與黑暗。現在橫在他們面前的，是一座堆滿大岩塊的陡峻山丘。

「這可有得爬啦。」稻草人說。「儘管如此，我們還是得爬過去。」

於是他領著其他人走，而就在他們走近第一塊巨岩之際，卻聽見一道沙啞的聲音狂吼著：「滾回去！」

「是誰在說話？」稻草人問。

這個時候，巨岩上方冒出了一顆頭；那道沙啞的聲音再度警告他們：「這是我們的山丘，外人休想爬過去。」

「我們就是得爬過去啊。」稻草人說。「我們要去瓜德林人的國家。」

「不准爬！」那聲音喝斥道，接著就有個怪模怪樣的大漢從岩塊後面現身。桃樂絲他們還是第一次遇到這般形體的人。

對方身材矮小卻結實，有一根布滿皺紋的粗脖子撐起上方頂部平坦的大頭。但這個強壯的怪人並沒有手臂，而稻草人一發現這點，就認為人家只是個中看不中用的大漢，也相信憑他一個人是無法阻止他們爬上這座山丘的。因此，稻草人說：「很抱歉，縱使你有千百個不願意，我們還是得違背你的心意，翻過這座小山。」說完，稻草人就大膽地邁開腳步。

轉瞬之間，大漢的頭有如閃電一般神速地向前迸射，脖子也不斷伸長，將那平坦的頭頂推送到稻草人的腰部一撞，就把他撞了個踉蹌，也害他滾呀滾下了山丘。然後，那顆頭便以迅雷不及掩耳的速度縮了回去。大漢笑得多麼猙獰，還不忘對稻草人冷嘲熱諷：「想過這座山？可沒你想得那麼簡單！」

一陣喧騰的訕笑從別的岩塊傳了出來。接著，好幾個缺了手臂，頭大身體小的「鎚頭人」也出現了。他們就站在山坡上，而且每個人都站在一塊巨岩的後面。

獅子對這陣幸災樂禍的譏諷非常不以為然，於是他憤怒地狂吼——那吼聲有如在山間迴盪的響雷——再猛地一衝，奔上了山坡。

又有顆頭迅速彈了出來。勇敢的獅子就彷彿被炮彈擊中似的滾下了山坡。

桃樂絲跑下去扶稻草人時，既受傷、又受挫的獅子走到她的身旁，說：「不用跟這些頭會彈出來的怪人打了啦。任誰也承受不了他們的頭擊呀。」

「那我們該怎麼辦？」她問。

「召喚飛天猴！」錫人建議道。「妳還有一次命令他們為妳做事的機會。」

「好。」桃樂絲答道。她戴上金帽子，也唸起神奇的咒語，飛天猴便如往常那般迅速飛來；再過一會兒，整團飛天猴大軍已經在她面前列隊站好了。

「妳有何吩咐？」飛天猴頭目鞠躬問道。

「載我們飛過這座小山，到瓜德林人的國家去。」小桃樂絲回答。

「遵命。」頭目說。飛天猴立刻將這群旅人安置在自己的臂彎裡，然後揮動翅膀飛向瓜德林人的國家。當他們飛過丘頂，那些鎚頭人忿忿地叫囂著，還把頭射向高空，卻怎麼也撞不到飛天猴。猴群載著桃樂絲和她的夥伴安然越過了鎚頭人的地盤，到達瓜德林人生意盎然的國度後，再將他們放下來。

「這是妳最後一次召喚我們。」頭目告訴桃樂絲。「再見了，祝福妳。」

「再見。噢對，真的很謝謝你們的幫忙。」小桃樂絲說。飛天猴飛上天際，一下子就杳無蹤跡。

瓜德林人的國家看起來物產豐饒，充滿了歡笑。這兒有綿亙的良田，處處是熟成的穀子；這兒有鋪設平整的阡陌、清澈潔淨的潺潺溪流，溪流上方還架著堅固耐走的橋梁。瓜德林人的籬笆、房舍和橋梁都漆著鮮豔的紅色，一如溫基人的黃色建物和萌奇人的藍色建築。瓜德林人是群矮矮胖胖，看起來圓滾滾又天性溫厚的民族，全身上下的衣物也都是紅色的。這顏色與綠油油的田野和正在轉黃的穀子一襯，更顯得鮮明醒目。

飛天猴當初降落在一間農舍附近，而現在呢，這幾名旅人便走上前去敲敲農舍的門。農夫的太太來應門了；桃樂絲請她分一點食物給他們吃，結果農夫太太倒為他們張羅了一桌好菜，還招待他們三樣不同的蛋糕、四種不同的餅乾，也替托托倒了一碗牛奶。

「這邊離葛琳妲的城堡有多遠呢？」小女孩問。

「不是很遠啊。」農夫太太說。「只要順著往南的路走，一會兒就到了。」

他們謝過好心的婦人，然後重新整隊出發。小小旅行團經過一塊塊良田，走過一座座美麗的小橋，終於看到一座美得令人嘆為觀止的城堡。城堡大門前站了三位年輕的女士，她們都穿著鑲有金色穗帶的紅色英挺軍裝。當桃樂絲走近城門，其中一個就問：

「諸位到南之國有何貴幹？」

「我來拜會統治這個國家的好女巫。」她答道。「可以請妳帶我去見她嗎？」

「閣下怎麼稱呼？我會請示葛琳妲，看她願不願意接見妳。」旅人們紛紛報上自己的名字，接著這位女兵就進了城堡。幾分鐘之後，她回來了；她說葛琳妲現在就能接見他們。

第二十三章、為桃樂絲實現願望的葛琳妲

不過他們晉見葛琳妲之前，先被領進了城堡內的某個房間，好讓桃樂絲洗洗臉、梳梳頭，讓獅子抖落鬃毛上的土塵，讓稻草人輕輕拍打身上的稻草，使自己看起來神采奕奕、英姿煥發。樵夫錫人也擦亮自己的錫片，替關節上了油。

待訪客梳整完畢，那位女兵便領著他們走進一間偌大的廳堂，而好女巫葛琳妲就坐在一張紅寶石寶座上。

在桃樂絲他們眼裡，這位好女巫真是又年輕又漂亮。葛琳

妲的長捲髮柔順地披在肩上，閃耀著紅色的光澤。她的禮服潔白無瑕，而她那雙藍色的明眸，正慈愛地看著桃樂絲。

「親愛的孩子，我能為妳做些什麼？」她問。

於是桃樂絲將這整趟旅程的始末都告訴了葛琳妲，包括自己是如何被龍捲風吹到這片奧茲大地、如何找到同伴，又與同伴們經歷了哪些驚心動魄的冒險。

「我現在最大的願望，就是回到堪薩斯。」她接著說。「我離家這麼久，艾姆嬸嬸一定以為我碰上什麼可怕的事了，然後為此悲傷難過。亨利叔叔的話，除非今年收成比去年好，否則他也會很傷心——他的身體是撐不住的。」

葛琳妲微微傾身，親了一下這個惹人憐愛的小女孩抬頭望著她的臉。

「願神保佑妳，我親愛的孩子。」葛琳妲說。「我可以告訴妳回堪薩斯的方法。」她繼續說道：

「不過有個條件。妳必須把那頂金帽子交給我。」

「好啊！我非常樂意！」桃樂絲高聲答道。「對我來說，這頂帽子已經沒有用了。如果把它給了妳，妳就擁有三次召喚飛天猴的機會。」

「我想我就是需要那三次請他們效力的機會。」葛琳妲微笑著說。

她從桃樂絲手中接過金帽子，然後問稻草人：「桃樂絲離開之後，你有什麼打算？」

「我會回翡翠城。」稻草人回答。「奧茲要我領導翡翠城的百姓，他們也挺喜歡我的。我只擔心該怎麼越過那座鎚頭人的山丘啊。」

「我將使出金帽子的魔法召喚飛天猴，命他們將你送到翡翠城的大門前。」葛琳妲說。「畢竟，若是翡翠城的人民失去這麼一位優異的領袖，就太叫人惋惜了。」

「我真有那麼好嗎？」稻草人問。

「你非常特別。」葛琳妲說。

她轉向樵夫錫人，並問：

「你呢？桃樂絲離開這個國家之後，你有什麼打算？」

他倚著自己的斧頭，想了一想。然後他說：

「溫基人待我不薄；壞女巫死了之後，他們還希望我留在那邊統治他們呢。我也喜歡和他們相處啊。如果我能回到西之國，我希望能永遠領導他們。這就是我最想做的事。」

「我對飛天猴下的第二道命令——」葛琳妲說。「會是請他們把你平安送達溫基人的家園。你的頭腦看起來雖然沒有稻草人的大顆，但確實光亮多了，而只要你能把腦袋擦得乾淨明亮，思緒也會跟著暢通明晰。所以，我相信你能運用智慧，好好打理溫基國。」

她再望向那滿頭蓬毛的大獅子，問道：

「桃樂絲回到自己的家鄉之後，你又有什麼打算？」

獅子則回答：「翻過了鎚頭人的山丘，就是一片遼闊的古老森林，而住在老森林裡的動物們已經尊我為王了。如果我能回到森林，就要永遠住在那裡，快快樂樂地過一輩子。」

「我對飛天猴下的第三道命令——」葛琳妲說。「會是請他們送你回到你那座森林。如此一來，我也用完這頂金帽子三度召喚飛天猴的魔法了。我會把帽子交給飛天猴的頭目，讓他和他的猴群自此之後都能自由自在地生活。」

葛琳妲說完，稻草人、樵夫錫人和獅子便滿懷感激地謝過她的仁慈恩惠。桃樂絲則喊著：

「妳真是一位既美麗又仁慈、善良的好女巫，但是妳還沒告訴我要怎麼回堪薩斯呢！」

「妳腳上那雙尖頭銀鞋就能帶妳穿越沙漠。」葛琳妲答道。「如果妳早點知道這雙鞋的魔法，說不定來到這片大地的第一天，就能直接回到妳艾姆嬸嬸的身邊了。」

「可是如果桃樂絲當天就回家，我就得不到這副神奇的腦袋啦！」稻草人喊著。「我大概只能一輩子待在農夫的玉米田裡了。」

「我也不會擁有這顆美麗又動人的心。」樵夫錫人說道。「我可能就站在森林裡不斷生鏽，直到地老天荒啊。」

「而我也只能繼續膽小下去了。」獅子說。「然後森林裡不會有任何一隻野獸願意讚美我，說我的好。」

「他們說得沒錯。」桃樂絲說。「我也很高興能為這群好朋友盡點心力。現在，既然他們都得到了自己最渴望的東西，還開心地成為一國之君或森林之王，我也可以快快樂樂地回堪薩斯去了。」

「這雙銀鞋非常神奇。」好女巫說。「它們最奇特的魔力之一，就是能在三步之內，將妳送到這個世界的任何一處角落，而且妳一眨眼，銀鞋就走完一步。妳只要讓左右鞋跟互叩三下，然後命令銀鞋帶妳到想去的地方就行了。」

「真的嗎？」小女孩雀躍不已。「那我要立刻請銀鞋帶我回堪薩斯。」

她伸出雙臂環住獅子的頸子，然後輕柔地拍拍他的大頭，親了他一下。她也親親錫人，而這位錫製的樵夫正以最容易使關節生鏽的危險哭法哭著。她沒有親吻稻草人，而是抱住他那用稻草塞出來的柔軟身體，畢竟他的臉是用漆料畫出來的嘛。在這令人感傷的臨別時刻，即將離開這些親愛夥伴的桃樂絲也忍不住淚流滿面了。

善良的葛琳妲走下寶座和這個小女孩吻別，小女孩也感謝好女巫為她和朋友們所做的一切。

接著，桃樂絲抱起托托，再鄭重地道了最後一聲再會，就動動腳讓銀鞋鞋跟互碰三下，並說：

「帶我回家去找艾姆嬸嬸！」

霎時間，桃樂絲就被捲到半空中。那速度多麼快呀，她只感覺得到颳過耳際的颼颼風聲。

尖頭銀鞋不多不少就走三步，然後突然一停，桃樂絲就被摔在草地上，一連滾了好幾圈——她還不曉得自己究竟身在何方呢。

最後，她終於坐起了身子，看看自己的四周。

「我的天呀！」她大喊。

原來她就坐在堪薩斯一望無際的大草原上，而且眼前正是亨利叔叔在龍捲風颳走他們舊家後蓋好的新農舍。亨利叔叔正在牲口棚裡擠牛奶；托托從桃樂絲的臂彎裡一跳，興高采烈地奔向穀倉，汪汪汪叫得好大聲。

桃樂絲站了起來，也隨即察覺自己一雙腳上只穿著襪子。那雙銀鞋在她飛行時從高空掉了下去，永遠隱沒於沙漠之中。

第二十四章、溫暖的家

艾姆嬸嬸才踏出家門，正準備為包心菜澆水，一抬頭就看見迎面跑來的桃樂絲。

「我親愛的孩子呀！」艾姆嬸嬸喊著。她伸出雙臂將小桃樂絲擁進懷裡，嘴也在這孩子的臉上親了又親。「妳究竟去了哪兒啦？」

「我去了奧茲大地。」桃樂絲一本正經地說。「托托也是哦。艾姆嬸嬸，我終於回來了！回家真好！」

言寺88

綠野仙蹤故事集

奧茲大地的神奇巫師
The Wonderful Wizard of Oz

作者　李曼・法蘭克・鮑姆 Lyman Frank Baum
譯者　陳婉容
總編輯　陳夏民
責任編輯　陳夏民
書籍設計　陳昭淵

出版　逗點文創結社
地址　桃園市330中央街11巷4之1號
網站　www.commabooks.com.tw
電話　03-335-9366
傳真　03-335-9303

總經銷　知己圖書股份有限公司
台北公司　台北市106大安區辛亥路一段30號9樓
電話　02-2367-2044
傳真　02-2363-5741
台中公司　台中市407工業區30路1號
電話　04-2359-5819
傳真　04-2359-5493

電子書總經銷　聯合線上股份有限公司
製版　軒承彩色印刷製版有限公司
印刷　通南彩色印刷有限公司
裝訂　智盛裝訂股份有限公司
倉儲　書林出版有限公司

ISBN　978-626-97825-6-7
初版　2023年12月
定價　新台幣280元

國家圖書館出版品預行編目 (CIP) 資料

綠野仙蹤故事集：奧茲大地的神奇巫師
李曼．法蘭克．鮑姆 (Lyman Frank Baum) 作；陳婉容譯

二版 _ 桃園市：逗點文創結社
2023.12_312 面 _10.5× 14.5 公分 . -- (言寺；88)
譯自：The wonderful wizard of Oz

ISBN 978-626-97825-6-7(平裝)
874.596 112019145